诗经·雅

鸿雁◎主编

吉林文史出版社

雅篇

小雅

鹿鸣

呦呦鹿鸣[1]，食野之苹[2]。我有嘉宾，鼓瑟吹笙。吹笙鼓簧[3]，承筐是将[4]。人之好我，示我周行[5]。

呦呦鹿鸣，食野之蒿[6]。我有嘉宾，德音孔昭[7]。视民不恌[8]，君子是则是效[9]。我有旨酒[10]，嘉宾式燕以敖[11]。

呦呦鹿鸣，食野之芩[12]。我有嘉宾，鼓瑟鼓琴。鼓瑟鼓琴，和乐且湛[13]。我有旨酒，以燕乐嘉宾之心。

注释

①呦（yōu）呦：鹿的叫声。

②苹：艾蒿。

③簧：笙上的簧片。笙是用几根有簧片的竹管、一根吹气管装在斗子上做成的。

④承：奉上。将：送，献。

⑤周行：大道，引申为大道理。

⑥蒿：又名青蒿、香蒿，是一种菊科植物。

⑦德音：美好的品德声誉。孔：很。

⑧视：同“示”。恌：同“佻”。

⑨则：法则，楷模，此处作动词用。

⑩旨：甘美。

《鹿鸣》这首诗原来是君王在宴请群臣时唱的诗，后来在民间也逐渐得到了推广，在乡人的宴会上也经常可以听到人们唱这首歌。

⑪式：语气助词。燕：同“宴”。敖：游乐。

⑫芩（qín）：草名，蒿类植物。

⑬湛（dān）：乐之久。

四牡

四牡騑騑[1]，周道倭迟[2]。岂不怀归？王事靡盬[3]，我心伤悲。

四牡騑騑，啴啴骆马[4]。岂不怀归？王事靡盬，不遑启处[5]。

翩翩者鵻[6]，载飞载下，集于苞栩[7]。王事靡盬，不遑将父[8]。

翩翩者鵻，载飞载止，集于苞杞[9]。王事靡盬，不遑将母。

驾彼四骆，载骤骎骎[10]。岂不怀归？是用作歌，将母来谂[11]。

注释

①四牡：四匹公马。騑騑：马不停地走而显得疲劳。

②倭迟：道路迂回遥远的样子。

③靡盬（gǔ）：不牢固。

④啴（tān）啴：喘息的样子。骆：黑鬃的白马。

⑤启处：指在家安居休息。

⑥鵻（zhuī）：一种短尾的鸟，也叫鹁鸪、夫不。

⑦苞：茂密。栩（xǔ）：栎树。

尽管这首诗是发泄不满“王事靡盬”的牢骚，但也可理解为勉力尽忠王事之作。作者忠于职守，忠孝无法两全，择忠而愧父母，从而为诗作披上一层赞颂色彩。

⑧将：奉养。

⑨杞：杞树。

⑩骎（qīn）骎：形容马走得很快。

⑪谂（shěn）：想念。

皇皇者华

皇皇者华[①]，于彼原隰[②]。駪駪征夫[③]，每怀靡及[④]。
我马维驹，六辔如濡[⑤]。载驰载驱[⑥]，周爰咨诹[⑦]。
我马维骐[⑧]，六辔如丝[⑨]。载驰载驱，周爰咨谋[⑩]。
我马维骆[⑪]，六辔沃若[⑫]。载驰载驱，周爰咨度[⑬]。
我马维骃[⑭]，六辔既均[⑮]。载驰载驱，周爰咨询[⑯]。

注释

①皇皇：犹言“煌煌”，形容光彩甚盛。

②原隰（xí）：原野上高平之处为原，低湿之处为隰。

③征夫：这里指使臣及其属从。駪駪：众多貌。

④靡及：不及。

⑤六辔：古代一车四马，马各二辔，其中两骖马的内辔系在轼前不用，故称六辔。如濡：新鲜有光泽貌。

⑥载：语助词。

⑦咨诹（zōu）：商量，咨问。

⑧骐：青黑色的马。

⑨如丝：指辔缰有丝的光彩和韧度。

⑩咨谋：与“咨诹”同义。

⑪骆：白毛的马。

⑫沃若：光泽盛貌。

《皇皇者华》是一首赞美使臣不辞辛苦广采民意的诗。

⑬咨度：与“咨诹”同义。

⑭骃：杂色的马。

⑮均：协调。

⑯咨询：与“咨诹”同义。

常　棣

常棣之华[1]，鄂不韡韡[2]。凡今之人，莫如兄弟。
死丧之威[3]，兄弟孔怀[4]。原隰裒矣[5]，兄弟求矣。
脊令在原[6]，兄弟急难。每有良朋[7]，况也永叹[8]。
兄弟阋于墙[9]，外御其务[10]。每有良朋，烝也无戎[11]。
丧乱既平，既安且宁。虽有兄弟，不如友生[12]。
傧尔笾豆[13]，饮酒之饫[14]。兄弟既具[15]，和乐且孺[16]。
妻子好合[17]，如鼓瑟琴。兄弟既翕[18]，和乐且湛[19]。
宜尔室家[20]，乐尔妻孥[21]。是究是图[22]，亶其然乎[23]。

注释

①常棣：亦作棠棣、唐棣，蔷薇科落叶灌木，果实比李小，可食。

②鄂不：萼足。韡（wěi）：鲜明貌。

③威：通“畏”。

④孔怀：最为思念、关怀。孔，很，最。

⑤裒（póu）：聚集。

⑥脊令：通“鹡鸰”，一种水鸟。

⑦每：虽。

⑧永：长。

⑨阋（xì）：争吵。

⑩御：抵抗。务：通“侮”。

兄弟友爱，手足亲情，是永恒的文学主题。本诗用对比的方法，凸显了“凡今之人，莫如兄弟”这一主旨。诗中对于手足之情的描写，真挚感人，影响深远。

⑪烝：通假作“曾”，乃。戎：帮助。

⑫友生：友人。

⑬傧（bīn）：陈列。笾（biān）豆：祭祀或宴会时用来盛食物的器具。笾用竹制，豆用木制。

⑭饫（yù）：满足。

⑮具：同“俱”，聚集。

⑯孺：相亲。

⑰好合：相亲相爱。

⑱翕（xī）：聚合。

⑲湛：深厚。

⑳宜：和顺。

㉑孥（nú）：儿女。

㉒究：深思。图：考虑。

㉓亶（dǎn）：信、确实。然：如此。

伐木

伐木丁丁[①]，鸟鸣嘤嘤[②]。出自幽谷，迁于乔木。嘤其鸣矣，求其友声。相彼鸟矣[③]，犹求友声。矧伊人矣[④]，不求友生。神之听之[⑤]，终和且平[⑥]。

伐木许许[⑦]，釃酒有芎[⑧]。既有肥羜[⑨]，以速诸父[⑩]。宁适不来[⑪]，微我弗顾[⑫]？於粲洒扫[⑬]，陈馈八簋[⑭]。既有肥牡[⑮]，以速诸舅[⑯]。宁适不来，微我有咎[⑰]。

伐木于阪，釃酒有衍[⑱]。笾豆有践[⑲]，兄弟无远。民之失德[⑳]，干糇以愆[㉑]。有酒湑我[㉒]，无酒酤我[㉓]。坎坎鼓我[㉔]，蹲蹲舞我[㉕]。迨我暇矣[㉖]，饮此湑矣。

注释

①丁（zhēng）丁：砍树的声音。

②嘤嘤：鸟叫的声音。

③相：审视，端详。

④矧（shěn）：况且。伊：你。

⑤听之：听到此事。

⑥终……且……：既……又……。

⑦许（hǔ）许：砍伐树木的声音。

⑧釃（shī）：过滤。有芎（xù）：酒清澈透明的样子。

《伐木》是一首宴请亲朋故旧的诗歌。

⑨羜（zhù）：小羊羔。

⑩速：邀请。

⑪宁适不来：难道有事不能来。

⑫微：非。弗顾：不顾念。

⑬於粲洒扫：清洁庭院忙打扫。

⑭陈：陈列。簋（guǐ）：盛放食物用的圆形器皿。

⑮牡：雄畜。诗中特指公羊。

⑯诸舅：异姓亲友。

⑰咎：过错。

⑱衍：美好的样子。

⑲笾（biān）豆：盛放食物用的两种器皿。践：陈列。

⑳民：人。

㉑乾餱（hóu）：干粮。愆：过错。

㉒湑（xǔ）：滤酒。

㉓酤：买酒。

㉔坎坎：鼓声。

㉕蹲蹲：舞姿。

㉖迨：等待。

天保

天保定尔，亦孔之固[①]。俾尔单厚[②]，何福不除[③]？俾尔多益，以莫不庶[④]。

天保定尔，俾尔戬穀[⑤]。罄无不宜[⑥]，受天百禄。降尔遐福，维日不足[⑦]。

天保定尔，以莫不兴。如山如阜[⑧]，如冈如陵，如川之方至[⑨]，以莫不增。

吉蠲为饎[⑩]，是用孝享[⑪]。禴祠烝尝[⑫]，于公先王[⑬]。君曰卜尔[⑭]，万寿无疆。

神之吊矣[⑮]，诒尔多福[⑯]。民之质矣[⑰]，日用饮食。群黎百姓，遍为尔德[⑱]。

如月之恒[⑲]，如日之升。如南山之寿，不骞不崩[⑳]。如松柏之茂，无不尔或承。

注释

①亦孔之固：把稳固赐给你。

②俾：使。尔：你。单厚：确实很多。

③除：给予。

④庶：众多。

⑤戬榖（jiǎn gǔ）：福禄。

⑥罄：所有。

⑦维：通“惟”，唯恐。

⑧阜（fù）：土山。

⑨川之方至：河水涨潮。

⑩吉：吉日。蠲（juān）：祭祀前沐浴斋戒使清洁。饎：祭祀用的酒食。

⑪是用：用是，用此。

⑫禴（yuè）祠烝尝：一年四季在宗庙里举行的祭祀的名称。春祠，夏禴，秋尝，冬烝。

⑬公：先公，周之远祖。

⑭君：祭祀中扮演先公先王的神尸。

⑮吊：降临。

⑯诒（yí）：通“贻”，送给。

⑰质：质朴。

⑱为：通“化”，感化。

⑲恒：指月到上弦。

⑳骞（qiān）：亏损。

采　薇

采薇采薇[1]，薇亦作止[2]。曰归曰归[3]，岁亦莫止[4]。靡室靡家[5]，猃狁之故[6]。不遑启居[7]，猃狁之故。

采薇采薇，薇亦柔止。曰归曰归，心亦忧止。忧心烈烈[8]，载饥载渴[9]。我戍未定[10]，靡使归聘[11]。

采薇采薇，薇亦刚止[12]。曰归曰归，岁亦阳止[13]。王事靡盬[14]，不遑启处。忧心孔疚[15]，我行不来[16]。

彼尔维何[17]？维常之华[18]。彼路斯何[19]？君子之车[20]。戎车既驾[21]，四牡业业[22]。岂敢定居？一月三捷。

驾彼四牡，四牡骙骙[23]。君子所依[24]，小人所腓[25]。四牡翼翼[26]，象弭鱼服[27]。岂不日戒[28]？猃狁孔棘[29]。

昔我往矣，杨柳依依[30]。今我来思[31]，雨雪霏霏[32]。行道迟迟，载渴载饥。我心伤悲，莫知我哀。

注释

①薇：豆科植物，可食用。

②作：初生。止：语助词。

③曰：说。

④岁亦莫止：一年将尽之时。

⑤靡：无。

⑥猃狁（xiǎn yǔn）：北方少数民族。春秋时代称为狄，秦汉时称匈奴。

⑦不遑：没空。启居：跪和坐，指安居。

⑧烈烈：火势很大的样子，此处形容忧心如焚。

⑨载：语气助词。

⑩戍：驻守。定：安定。

⑪使：传达消息的人。聘：探问。

⑫刚：指薇菜由嫩而老，变得粗硬。

⑬阳：阴历十月。

⑭盬（gǔ）：休止。

⑮孔疚：非常痛苦。

⑯不来：不归。

⑰尔："苶"的假借字，花盛开貌。维何：是什么。

⑱常：常棣，棠棣。

⑲路：高大的马车。

⑳君子：指将帅。

㉑戎车：兵车。

㉒四牡：驾兵车的四匹雄马。业业：马高大貌。

㉓骙（kuí）骙：马强壮貌。

㉔依：依靠。

㉕小人：指士卒。腓：隐蔽。

㉖翼翼：行止整齐熟练貌。

㉗象弭：象牙镶饰的弓。鱼服：鱼皮制成的箭袋。

㉘日戒：每日警备。

㉙棘：同"急"。

㉚依依：柳枝随风飘拂貌。

㉛思：语气助词。

㉜雨（yù）：作动词，下雪。霏霏：雪花纷飞貌。

出车

我出我车，于彼牧矣[1]。自天子所，谓我来矣。召彼仆夫，谓之载矣。王事多难，维其棘矣[2]。

我出我车，于彼郊矣。设此旐矣[3]，建彼旄矣[4]。彼旟旐斯[5]，胡不旆旆[6]？忧心悄悄[7]，仆夫况瘁[8]。

王命南仲，往城于方。出车彭彭[9]，旂旐央央[10]。天子命我，城彼朔方。赫赫南仲[11]，玁狁于襄[12]。

昔我往矣，黍稷方华[13]。今我来思[14]，雨雪载涂[15]。王事多难，不遑启居[16]。岂不怀归？畏此简书[17]。

喓喓草虫[18]，趯趯阜螽[19]。未见君子[20]，忧心忡忡。既见君子，我心则降[21]。赫赫南仲，薄伐西戎[22]。

春日迟迟，卉木萋萋[23]。仓庚喈喈[24]，采蘩祁祁[25]。执讯获丑[26]，薄言还归[27]。赫赫南仲，玁狁于夷[28]。

注释

①牧：城郊以外的地方。

②棘：急。

③旐（zhào）：画有龟蛇图案的旗。

④建：竖立。旄（máo）：旗杆上装饰牦牛尾的旗子。

⑤旟（yú）：画有隼鸟图案的旗帜。

全诗描写的重点是战争前的准备工作，详尽描绘了雄壮的军威、浩大的声势，以及全国上下的同仇敌忾；此外，本诗还描写了战争后方人民平静而安适的生活，这一切都暗示着，胜利是这场战争的必然结果。

⑥旆（pèi）旆：旗帜飘扬的样子。

⑦忧心悄悄：暗中担忧。

⑧况瘁（cuì）：辛苦憔悴。

⑨彭彭：形容车马众多。

⑩旂（qí）：绘交龙图案的旗帜，带铃。

⑪赫赫：威仪显赫的样子。

⑫玁狁（xiǎn yǔn）：北方的少数民族。玁：同“猃”。襄：“攘”，平息，扫除。

⑬方：正值。华：开花，诗中指黍稷抽穗。

⑭思：语气助词。

⑮雨雪：下雪。涂：“途”。

⑯遑：空闲。

⑰简书：周王传令出征的文书。

⑱喓（yāo）喓：昆虫的叫声。

⑲趯（tì）趯：蹦蹦跳跳的样子。阜螽（zhōng）：蚱蜢。

⑳君子：指出征之人。

㉑降：安宁。

㉒薄：借为“搏”，打击。西戎：古代北方少数民族。

㉓萋萋：草木茂盛的样子。

㉔喈（jiē）喈：鸟叫声。

㉕蘩：白蒿。祁祁：众多的样子。

㉖执讯：捉住审讯。获丑：杀敌割左耳。

㉗还：凯旋。

㉘夷：扫平。

杕杜

有杕之杜[①]，有睆其实[②]。王事靡盬[③]，继嗣我日[④]。日月阳止[⑤]，女心伤止，征夫遑止[⑥]。

有杕之杜，其叶萋萋[⑦]。王事靡盬，我心伤悲。卉木萋止，女心悲止，征夫归止。

陟彼北山[⑧]，言采其杞[⑨]。王事靡盬，忧我父母[⑩]。檀车幝幝[⑪]，四马痯痯[⑫]，征夫不远。

匪载匪来[⑬]，忧心孔疚[⑭]。期逝不至[⑮]，而多为恤[⑯]。卜筮偕止[⑰]，会言近止[⑱]，征夫迩止[⑲]。

注释

①有：句首语气助词，无义。杕（dì）：树木孤独貌。杜：一种果木，又名棠梨。

②睆（huǎn）：果实圆浑貌。实：果实。

③靡：没有。盬（gǔ）：停止。

④嗣：延长、延续。

⑤阳：农历十月，十月又名阳月。止：句尾语气词。

⑥遑：闲暇。

⑦萋萋：草木茂盛貌。

⑧陟：登山。

⑨言：语气助词，无义。杞：枸杞，落叶灌木，果实小而红，可食，可入药。

《杕杜》被认为是一首“闺思诗”，丈夫久役不归，妻子在家等待，久不得果，心中思念、焦虑至极，作歌排遣。诗作从一个侧面，表达出古代劳动人民深厚的爱情及亲情，也反映了漫长的徭役对普通百姓造成的巨大伤害。

⑩忧：此为使动用法，使父母忧。一说忧父母无人供养。

⑪檀车：役车，一般是用檀木做的。幝（chǎn）幝：破败貌。

⑫痯（guǎn）痯：疲劳貌。

⑬匪：非。载：车子载运。

⑭孔：很，大。疚（jiù）：病痛。

⑮期：预先约定时间。逝：过去。

⑯恤：忧虑。

⑰卜：以龟甲占吉凶。筮：以蓍草算卦。

⑱会言：合言，都说。

⑲迩：近。

鱼丽

鱼丽于罶[1]，鲿鲨[2]。君子有酒，旨且多。
鱼丽于罶，鲂鳢[3]。君子有酒，多且旨。
鱼丽于罶，鰋鲤[4]。君子有酒，旨且有。
物其多矣，维其嘉矣。
物其旨矣，维其偕矣[5]。
物其有矣，维其时矣[6]。

注释

①丽（lí）：同“罹”，遭遇。罶（liǔ）：捕鱼的工具用竹编成，编绳为底，鱼入而不能出。

②鲿（cháng）：黄颊鱼。鲨：吹沙鱼，似鲫而比鲫小。

③鲂：鳊鱼，鳞细小而美味。鳢：俗称黑鱼。

④鰋（yǎn）：俗称鲇鱼，体滑无鳞。

⑤偕：通“嘉”。

⑥时：及时。

《鱼丽》是周代燕飨宾客通用的乐歌。本诗盛赞宴享时酒肴的甘甜和丰盛，通过这些来展现丰年的境况，主人的待客殷勤，表现出宾主共同欢乐的情景。

南有嘉鱼

南有嘉鱼，烝然罩罩[①]。君子有酒，嘉宾式燕以乐[②]。
南有嘉鱼，烝然汕汕[③]。君子有酒，嘉宾式燕以衎[④]。
南有樛木[⑤]，甘瓠累之[⑥]。君子有酒，嘉宾式燕绥之[⑦]。
翩翩者雏[⑧]，烝然来思[⑨]。君子有酒，嘉宾式燕又思[⑩]。

注释

①烝（zhēng）：众多。罩罩：用多罩来捕鱼。
②式：语气助词。燕：同“宴”。
③汕汕：用众多抄网捉鱼。
④衎（kàn）：快乐。
⑤樛（jiū）：树木向下弯曲。
⑥瓠（hù）：葫芦。累：缠绕。
⑦绥：安。
⑧雏（zhuī）：鸟名，即斑鸠，也叫鹁鸪。
⑨思：句尾助词，下同。
⑩又：通“右”，劝酒。

这是一首具有求贤之意的宴饮诗，作者为一位求贤若渴的统治者，经常与宾客们宴饮共欢，在一次觥筹交错中，主人表露心迹，婉转、优雅而又热切地传达出他的对待贤者的态度。

南山有台

南山有台[1]，北山有莱[2]。乐只君子[3]，邦家之基。乐只君子，万寿无期。

南山有桑，北山有杨。乐只君子，邦家之光。乐只君子，万寿无疆。

南山有杞[4]，北山有李。乐只君子，民之父母。乐只君子，德音不已[5]。

南山有栲[6]，北山有杻[7]。乐只君子，遐不眉寿[8]？乐只君子，德音是茂[9]。

南山有枸[10]，北山有楰[11]。乐只君子，遐不黄耇[12]？乐只君子，保艾尔后[13]。

注释

①台：莎草，又名蓑衣草，可制蓑衣。

②莱：藜草，嫩叶可食。

③只：语气助词。

④杞（qǐ）：木名，一说杞柳，一说枸杞。

⑤德音：好名誉。

⑥栲：树名，山樗。

⑦杻（niǔ）：树名，檍树。

在这首诗中，南山有台、有桑、有杞、有栲、有枸，北山有莱、有杨、有李、有杻、有楰，庄园里山川秀丽、花木繁茂，为宾主宴饮营造了好的环境和场所，并进一步说明贵族地位很高、家业很大，受人尊敬亦是理所当然。

⑧遐：何。眉寿：高寿。

⑨茂：美盛。

⑩枸（jǔ）：树名，即枳枸。

⑪楰（yú）：树名，即鼠梓，也叫苦楸。

⑫黄耇（gǒu）：少年发黑，老变白，白久变黄为老寿。

⑬保艾：安定地长养。

蓼萧

蓼彼萧斯[①]，零露湑兮[②]。既见君子，我心写兮[③]。燕笑语兮[④]，是以有誉处兮[⑤]。

蓼彼萧斯，零露瀼瀼[⑥]。既见君子，为龙为光[⑦]。其德不爽[⑧]，寿考不忘。

蓼彼萧斯，零露泥泥[⑨]。既见君子，孔燕岂弟[⑩]。宜兄宜弟，令德寿岂。

蓼彼萧斯，零露浓浓。既见君子，鞗革冲冲[⑪]。和鸾雝雝[⑫]，万福攸同[⑬]。

注释

①蓼（lù）：长而大的样子。萧：艾蒿，一种有香气的植物。

②零：落。湑（xǔ）：叶子上沾着水珠。

③写：舒畅。

④燕：通“宴”，宴饮。

⑤誉处：安乐愉悦。

⑥瀼（ráng）瀼：露水很多。

⑦为龙为光：为被天子恩宠而荣幸。

⑧爽：差。

⑨泥泥：露水很重。

⑩孔燕：非常安详。岂弟（kǎi tì）：“恺悌”，和乐平易。

关于《蓼萧》这首诗，清代吴闿生在《诗义会通》中说："据词当是诸侯颂美天子之作。"这种观点是比较符合诗意的，所以本诗是一首关于诸侯朝见天子时歌功颂德的诗，表达了诸侯对天子的尊崇和歌颂。

⑪鞗（tiáo）革：马缰绳。冲冲：饰物下垂貌。

⑫和鸾：为铜铃，系在轼上的叫"和"，系在衡上的叫"銮（鸾）"。

⑬攸同：所聚。

湛露

湛湛露斯[1]，匪阳不晞[2]。厌厌夜饮[3]，不醉无归。
湛湛露斯，在彼丰草。厌厌夜饮，在宗载考[4]。
湛湛露斯，在彼杞棘[5]。显允君子[6]，莫不令德[7]。
其桐其椅[8]，其实离离[9]。岂弟君子[10]，莫不令仪[11]。

注释

①湛湛：露清莹盛多。斯：语气词。

②匪：通“非”。晞：干。

③厌厌：和悦的样子。

④宗：同族。考：成。指宴饮之礼。

⑤杞棘：枸杞和酸枣，皆灌木，又皆身有刺而果实甘酸可食。

⑥显允：光明磊落而诚信忠厚。

⑦令：善美。

⑧桐：桐有多种，古多指梧桐。椅：山桐子木，梓树中有美丽花纹者。

⑨离离：下垂的样子。

⑩岂弟（kǎi tì）：同“恺悌”，和乐平易的样子。

⑪仪：仪容，风范。

《湛露》这首诗，虽然初看之时会让人觉得平淡无奇，但是细细品味之后，就会发现其中深厚的意味，令人回味无穷。

彤弓

彤弓弨兮[①]，受言藏之[②]。我有嘉宾[③]，中心贶之[④]。钟鼓既设，一朝飨之[⑤]。

彤弓弨兮，受言载之[⑥]。我有嘉宾，中心喜之。钟鼓既设，一朝右之[⑦]。

彤弓弨兮，受言櫜之[⑧]。我有嘉宾，中心好之。钟鼓既设，一朝酬之[⑨]。

注释

①彤弓：漆成红色的弓，天子用来赏赐有功诸侯。弨（chāo）：弓弦松弛貌。

②言：语气助词。藏：珍藏于祖庙中。

③嘉宾：有功诸侯。

④中心：内心。贶（kuàng）：爱戴。

⑤一朝：整个上午。飨（xiǎng）：用酒食款待宾客。

⑥载：装在车上。

⑦右：通“侑”，劝酒。

⑧櫜（gāo）：装弓的袋，此处指装入弓袋。

⑨酬：互相敬酒。

《彤弓》一诗中体现的就是当时赏赐仪式的盛况，仪式中所赠之物，是一具涂了红漆的大弓。

菁菁者莪

菁菁者莪[①]，在彼中阿[②]。既见君子，乐且有仪[③]。
菁菁者莪，在彼中沚[④]。既见君子，我心则喜。
菁菁者莪，在彼中陵。既见君子，锡我百朋[⑤]。
泛泛杨舟，载沉载浮。既见君子，我心则休[⑥]。

注释

①菁（jīng）菁：草木茂盛。莪：莪蒿，又名萝蒿，一种可吃的野草。

②阿：山坳。

③仪：仪容，气度。

④沚：水中小洲。

⑤锡：同“赐”。朋：古代货币单位。上古以贝壳为货币，相传五贝为一朋。

⑥休：喜。

短短十六句，描述了一个美妙动人的爱情故事。男女主人公的爱情十分浪漫，诗中几乎处处都在描写清朗明丽的山光和灵秀迷人的水色，就在这青幽的山坡、静谧的水洲上，有情人相遇相识、相偎相依，情景交融，令人心神俱醉，极具情致。

六　月

六月棲棲[1]，戎车既饬[2]。四牡骙骙[3]，载是常服[4]。猃狁孔炽[5]，我是用急[6]。王于出征，以匡王国[7]。

比物四骊[8]，闲之维则[9]。维此六月，既成我服。我服既成，于三十里[10]。王于出征，以佐天子。

四牡修广，其大有颙[11]。薄伐猃狁，以奏肤公[12]。有严有翼[13]，共武之服[14]。共武之服，以定王国。

猃狁匪茹[15]，整居焦获[16]。侵镐及方[17]，至于泾阳。织文鸟章[18]，白旆央央[19]。元戎十乘[20]，以先启行。

戎车既安，如轾如轩[21]。四牡既佶[22]，既佶且闲[23]。薄伐猃狁，至于大原[24]。文武吉甫，万邦为宪[25]。

吉甫燕喜，既多受祉[26]。来归自镐，我行永久。饮御诸友[27]，炰鳖脍鲤[28]。侯谁在矣[29]，张仲孝友[30]。

注释

①棲棲：通“栖栖”，惶惶不安的样子。

②饬（chì）：整顿，整理。

③骙（kuí）骙：马很强壮的样子。

④常服：画有日月的旗。

⑤孔：很。炽：势盛。

⑥是用：是以，因此。

⑦匡：扶助。

⑧比物：力气均齐。

⑨闲：熟习。则：法则。

⑩于：往。三十里：古代军行三十里为一舍。

⑪颙（yóng）：大的样子。

⑫奏：建立。肤公：大功。

⑬严：威严。翼：恭敬。

⑭武之服：打仗的事。

⑮匪茹：不自量。

⑯焦获：周之地名。

⑰镐、方：周之地名。

⑱织文鸟章：指绘有隼鸟图案的旗帜。

⑲央央：鲜明的样子。

⑳元戎：大的战车。

㉑轾（zhì）轩：车身前俯后仰。

㉒佶（jí）：健壮。

㉓闲：熟娴，驯服的样子。

㉔大原：太原，地名，与今山西太原无关。

㉕宪：榜样、典范。

㉖祉（zhǐ）：福。

㉗御：进献。

㉘炰（páo）：蒸煮。脍鲤：切成细条的鲤鱼。

㉙侯：语气助词。

㉚张仲：吉甫的朋友。

采　芑

薄言采芑[①]，于彼新田[②]，于此菑亩[③]。方叔莅止[④]，其车三千，师干之试[⑤]。方叔率止，乘其四骐[⑥]，四骐翼翼[⑦]。路车有奭[⑧]，簟茀鱼服[⑨]，钩膺鞗革[⑩]。

薄言采芑，于彼新田，于此中乡[⑪]。方叔莅止，其车三千，旂旐央央[⑫]。方叔率止，约軧错衡[⑬]，八鸾玱玱[⑭]。服其命服[⑮]，朱芾斯皇[⑯]，有玱葱珩[⑰]。

鴥彼飞隼[⑱]，其飞戾天[⑲]，亦集爰止[⑳]。方叔莅止，其车三千，师干之试。方叔率止，钲人伐鼓[㉑]，陈师鞠旅[㉒]。显允方叔[㉓]，伐鼓渊渊[㉔]，振旅阗阗[㉕]。

蠢尔蛮荆，大邦为仇。方叔元老，克壮其猷[㉖]。方叔率止，执讯获丑[㉗]。戎车啴啴[㉘]，啴啴焞焞[㉙]，如霆如雷。显允方叔，征伐玁狁，蛮荆来威[㉚]。

注释

①薄言：句首语气词。芑（qǐ）：一种野菜。

②新田：指开垦两年的田。

③菑（zī）亩：指开垦一年的田。

④莅（lì）：临。止：语气助词。

⑤干：捍敌。试：演习。

⑥骐：青底黑纹的马。

⑦翼翼：整齐严谨的样子。

《采芑》是一首赞美周宣王的大臣方叔南征讨伐荆蛮的诗。这首诗是为了突出方叔而作的，形象生动地刻画出一个威风凛凛的将军形象

⑧路车：大车。奭（shì）：红色的涂饰。

⑨簟茀（diàn fú）：遮挡战车后部的竹席子。鱼服：用鲛鱼皮做箭袋。

⑩钩膺：带有铜制钩饰的马胸带。鞗（tiáo）革：皮革制成的马缰绳。

⑪中乡：新田中。

⑫旂旐（qí zhào）：画有龙和龟蛇图案的旗帜。

⑬约軝（qí）：用皮革约束车轴露出车轮的部分。错衡：用横木相连。

⑭玱（qiāng）玱：象声词，金玉撞击声。

⑮命服：此处指军装。

⑯芾（fú）：皮制的蔽膝，类似围裙。

⑰有玱："玱玱"。葱珩（héng）：翠绿色的佩玉。

⑱鴥（yù）：鸟飞迅疾的样子。

⑲戾：到达。

⑳止：止息。

㉑钲人：掌管击钲击鼓的官员。

㉒陈：陈列。鞫：训告。

㉓显允：声名赫赫。

㉔渊渊：象声词，击鼓声。

㉕振旅：整顿队伍，指收兵。阗（tián）阗：击鼓声。

㉖克：能。壮：光大。猷：谋略。

㉗执讯：捉住审讯。获丑：俘虏。

㉘啴（tān）啴：此处形容兵车行走的声音。

㉙焞（tūn）焞：车马众多的样子。

㉚来：语气助词。威：威服。

车攻

我车既攻[①]，我马既同[②]。四牡庞庞[③]，驾言徂东[④]。
田车既好[⑤]，田牡孔阜[⑥]。东有甫草[⑦]，驾言行狩。
之子于苗[⑧]，选徒嚣嚣[⑨]。建旐设旄[⑩]，搏兽于敖[⑪]。
驾彼四牡，四牡奕奕[⑫]。赤芾金舄[⑬]，会同有绎[⑭]。
决拾既佽[⑮]，弓矢既调[⑯]。射夫既同[⑰]，助我举柴[⑱]。
四黄既驾[⑲]，两骖不猗[⑳]。不失其驰[㉑]，舍矢如破[㉒]。
萧萧马鸣[㉓]，悠悠旆旌[㉔]。徒御不惊[㉕]，大庖不盈[㉖]。
之子于征，有闻无声。允矣君子[㉗]，展也大成[㉘]。

注释

①攻：坚固。

②同：指选择调配足力相当的健马驾车。

③庞庞：马高大强壮貌。

④言：句中语气词。徂（cú）：往。东：东都洛阳。

⑤田车：猎车。

⑥孔：甚。阜：高大肥硕有气势。

⑦甫草：圃田之草。甫通“圃”。

⑧之子：那人，指天子。苗：夏猎。

⑨选：通“算”，清点。嚣（áo）嚣：声音嘈杂。

本诗所描写的内容就是周宣王为了重整士气而亲自率领浩浩荡荡的队伍去东都会猎的场面。

⑩旐（zhào）：绘有龟蛇图案的旗。旄：饰牦牛尾的旗。

⑪敖：地名。

⑫奕奕：马从容而迅捷貌。

⑬赤芾（fú）：红色蔽膝。金舄（xì）：用铜装饰的鞋。

⑭会同：会合诸侯，是诸侯朝见天子的专称，此处指诸侯参加天子的狩猎活动。有绎：连续不断而有次序的样子。

⑮决：用象牙和兽骨制成的扳指，射箭拉弦所用。拾：皮制的护臂，射箭时缚在左臂上。佽（cì）：排列有序。

⑯调：调正。

⑰同：协同。

⑱举：取。柴（zì）：堆积的禽兽。

⑲四黄：四匹黄色的马。

⑳两骖：四匹马驾车时两边的马叫骖。猗：偏差。

㉑驰：驰驱之法。

㉒舍矢：放箭。破：射中。

㉓萧萧：马长鸣声。

㉔悠悠：旌旗轻轻飘动貌。

㉕徒御：徒步拉车的士卒。不惊：不喧哗。

㉖大庖：大厨。

㉗允：确实。

㉘展：诚。

吉日

吉日维戊[①]，既伯既祷[②]。田车既好[③]，四牡孔阜[④]。升彼大阜[⑤]，从其群丑[⑥]。

吉日庚午，既差我马[⑦]。兽之所同[⑧]，麀鹿麌麌[⑨]。漆沮之从[⑩]，天子之所[⑪]。

瞻彼中原[⑫]，其祁孔有[⑬]。儦儦俟俟[⑭]，或群或友[⑮]。悉率左右[⑯]，以燕天子[⑰]。

既张我弓，既挟我矢。发彼小豝[⑱]，殪此大兕[⑲]。以御宾客[⑳]，且以酌醴[㉑]。

注释

①维：是。戊：指初五。古人以天干地支相配计日。以天干奇数为刚日，偶数为柔日。刚日宜外事，柔日宜内事。田猎为外事，故以刚之戊为吉日。

②伯：马祖神。祷：向神祷告。

③田车：猎车。

④孔：很。阜：强壮高大。

⑤阜：山冈。

⑥从：追逐。群丑：指群兽。

⑦差：选择。

⑧同：聚集。

这一狩猎过程，与其说是一场军事行动或是一场劳作，不如说是一场愉悦的游戏。在这场游戏中，宣王在狩猎之后又施恩于臣子，体现了他“与臣同乐，与民同乐”的为君之道。这首诗是帮助后人了解周朝皇家田猎情况以及周朝民俗的重要资料。

⑨麀（yōu）鹿：母鹿。麌（yǔ）麌：众多貌。

⑩漆沮：古代二水名。

⑪所：处所，此指会猎场所。

⑫中原：原中，指原野。

⑬祁：大。此处指大兽。有：多，指野兽多。

⑭儦（biāo）儦：疾行貌。俟（sì）俟：缓行貌。

⑮群：兽三只在一起为群。友：兽二只在一起为友。

⑯悉：尽，全。率：驱逐。

⑰燕：乐。

⑱豝（bā）：母猪。

⑲殪（yì）：射死。兕（sì）：大野牛。

⑳御：进献食物。

㉑醴（lǐ）：甜酒。

鸿雁

鸿雁于飞[①]，肃肃其羽[②]。之子于征[③]，劬劳于野[④]。爰及矜人[⑤]，哀此鳏寡[⑥]。

鸿雁于飞，集于中泽。之子于垣[⑦]，百堵皆作[⑧]。虽则劬劳，其究安宅[⑨]。

鸿雁于飞，哀鸣嗷嗷[⑩]。维此哲人[⑪]，谓我劬劳。维彼愚人，谓我宣骄[⑫]。

注释

①鸿雁：水鸟名，即大雁；或谓大者叫鸿，小者叫雁。

②肃肃：鸟飞时扇动翅膀的声音。

③之子于征：这个人服役。

④劬（qú）劳：勤劳辛苦。

⑤爰：语气助词。矜人：可怜人。

⑥鳏（guān）：老而无妻者。寡：老而无夫者。

⑦于垣：筑墙。

⑧堵：长、高各一丈的墙叫一堵。

⑨究：终。宅：居住。

⑩嗷嗷：鸿雁的哀鸣声。

⑪哲人：才智极高的人。

⑫宣骄：骄奢。

这首诗反映了当时无奈的社会现实，动荡的社会导致大量的人遭受到流离失所的痛苦。“鸿雁于飞”具有十分深刻的含义，它生动形象地说明了流民们的无限哀痛，后人因此将“哀鸿”这个词当作灾乱流民的代名词。

庭燎

夜如何其[1]？夜未央[2]。庭燎之光[3]。君子至止，鸾声将将[4]。

夜如何其？夜未艾[5]。庭燎晣晣[6]。君子至止，鸾声哕哕[7]。

夜如何其？夜乡晨[8]。庭燎有辉。君子至止，言观其旂[9]。

注释

①其：语尾助词。

②央：尽。

③庭燎：宫廷中照亮的火炬。立在地上的大烛，由苇薪制成。

④鸾：铃。此为旂上的铃。将（qiāng）将：铃声。

⑤艾：尽。

⑥晣（zhé）晣：明亮。

⑦哕（huì）哕：铃声。

⑧夜乡晨：天将亮。

⑨旂（qí）：画有蛟龙、杆顶有铃的旗。

此诗中，宣王勤于朝政，严肃纲纪，没有正面铺陈的臣子们，也被烘托得忠心耿耿、积极用心，显得形象高大光明，如此上下齐心，才有后来的国之中兴。这一点为后世历代的统治，提供了极高的政治借鉴和规劝价值。

沔　水

沔彼流水[①]，朝宗于海[②]。鴥彼飞隼[③]，载飞载止[④]。嗟我兄弟，邦人诸友[⑤]。莫肯念乱[⑥]，谁无父母。

沔彼流水，其流汤汤[⑦]。鴥彼飞隼，载飞载扬。念彼不迹[⑧]，载起载行。心之忧矣，不可弭忘[⑨]。

鴥彼飞隼，率彼中陵[⑩]。民之讹言[⑪]，宁莫之惩[⑫]。我友敬矣[⑬]，谗言其兴。

注释

①沔（miǎn）：流水满溢貌。

②朝宗：归往。本意是指诸侯朝见天子（《周礼·春官·大宗伯》："春见曰朝，夏见曰宗。"），后来借指百川归海。

③鴥（yù）：鸟疾飞貌。隼（sǔn）：一种猛禽。

④载：句首语气助词。

⑤邦人：国人。

⑥念乱：止乱。

⑦汤汤：义同"荡荡"，水大流急貌。

⑧不迹：不循法度。

⑨弭（mǐ）：止，消除。

⑩率：沿。中陵：陵中。

⑪讹言：谣言。

《沔水》描写了当时国家动乱、政事日非、谣言四起的悲惨情境，作者在诗中表达了自己对国家的担忧、对百姓的同情和对友人的告诫。

⑫宁莫之惩：怎么可以不惩凶。

⑬敬：同“警”，警诫。

鹤鸣

鹤鸣于九皋[1]，声闻于野。鱼潜在渊，或在于渚[2]。乐彼之园，爰有树檀，其下维萚[3]。它山之石，可以为错[4]。

鹤鸣于九皋，声闻于天。鱼在于渚，或潜在渊。乐彼之园，爰有树檀，其下维榖[5]。它山之石，可以攻玉。

注释

①皋：沼泽地。九：虚数，言沼泽之多。

②渚：水中小洲，此处当指水滩。

③萚（tuò）：枯落的枝叶。

④错：砺石，可以打磨玉器。

⑤榖（gǔ）：树木名，即楮树，其树皮可作为造纸原料。

这是一幅漫游于荒野的图画，可以听到鹤鸣，看到鱼游，踩着落叶漫步在檀树林中，观赏怪石嶙峋的山峰。从听觉写到视觉，再到心中所感所思，一条清晰的脉络贯穿全篇，有色有声，有情有景，充满了诗意，使人产生思古望今的情怀。

祈父

祈父[①]，予王之爪牙。胡转予于恤[②]？靡所止居[③]。
祈父，予王之爪士。胡转予于恤？靡所底止[④]。
祈父，亶不聪[⑤]。胡转予于恤？有母之尸饔[⑥]。

注释

①祈父：周代掌兵的官员，即大司马。
②恤：忧愁。
③靡所：没有处所。
④底（zhǐ）：至。
⑤亶（dǎn）：确实。聪：听觉灵敏。
⑥尸：主。饔（yōng）：熟食。

这首诗似乎过于激烈，但言为情遣、气为势逼，直抒胸臆，一点没有过错。这种拍案而起，使得这首数十字的小诗，拥有了惊人的力量，它以饱满的激情，奋力撕开了历史的一角，让读者得以窥当时社会的真容

白驹

皎皎白驹[1]，食我场苗[2]。絷之维之[3]，以永今朝[4]。所谓伊人[5]，于焉逍遥[6]。

皎皎白驹，食我场藿[7]。絷之维之，以永今夕。所谓伊人，于焉嘉客。

皎皎白驹，贲然来思[8]。尔公尔侯[9]，逸豫无期[10]。慎尔优游[11]，勉尔遁思[12]。

皎皎白驹，在彼空谷[13]。生刍一束[14]，其人如玉[15]。毋金玉尔音[16]，而有遐心[17]。

注释

①皎皎：毛色洁白貌。

②场：菜园。

③絷（zhí）：用绳子绊住马足。维：拴马的缰绳，此处意为维系，用作动词。

④永：长。此处用如动词。

⑤伊人：那人，指白驹的主人。

⑥于焉：在此。

⑦藿（huò）：豆叶。

⑧贲（bì）然：装饰华美的样子。此处指光彩的样子。

⑨尔：你，即“伊人”。公、侯：古爵位名，此处皆作动词，

《白驹》是一首极力挽留客人的诗，充分表现出主人热情挽留客人的心情。

为公为侯之意。

⑩逸豫：安乐。无期：没有终期。

⑪慎：慎重。优游：义同“逍遥”。

⑫勉：抑止。遁：避世。

⑬空谷：深谷。空，“穹”之假借。

⑭生刍（chú）：青草。

⑮其人：亦即“伊人”。如玉：品德美好如玉。

⑯金玉：此处皆用作意动词，珍惜之意。

⑰遐心：疏远之心。

黄 鸟

黄鸟黄鸟[①]，无集于榖[②]，无啄我粟。此邦之人，不我肯穀[③]。言旋言归[④]，复我邦族[⑤]。

黄鸟黄鸟，无集于桑，无啄我粱。此邦之人，不可与明[⑥]。言旋言归，复我诸兄。

黄鸟黄鸟，无集于栩[⑦]，无啄我黍。此邦之人，不可与处。言旋言归，复我诸父。

注释

①黄鸟：黄雀。

②榖（gǔ）：木名，即楮木。

③穀（gǔ）：善。

④言：语气助词，无实义。旋：转身。

⑤复：回返。邦：国。族：家族。

⑥明：通“盟”，讲信用。

⑦栩（xǔ）：柞树。

阅读本诗，仿佛可以听到那些远古的人们动人心魄、直冲云霄的愤怒和悲恸的呼声，生活于乱离之世的人们，其不幸遭遇让人感动和同情。

我行其野

我行其野，蔽芾其樗[1]。婚姻之故，言就尔居[2]。尔不我畜[3]，复我邦家[4]。

我行其野，言采其蓫[5]。婚姻之故，言就尔宿[6]。尔不我畜，言归思复[7]。

我行其野，言采其葍[8]。不思旧姻，求尔新特[9]。成不以富[10]，亦祇以异[11]。

注释

①蔽芾（fèi）：幼小的样子。樗（chū）：臭椿树。

②言：语气助词，无实义。

③畜：养育。

④邦家：故乡。

⑤蓫（zhú）：一种野菜，又名羊蹄菜，似萝卜，多食使人腹泻。

⑥宿：居住。

⑦思复：想归复。

⑧葍（fú）：一种野草，花相连，根白色，可蒸食。

⑨新特：新配偶。

⑩成：通“诚”，的确。

⑪祇（zhǐ）：恰恰。

广阔的原野、醒目的树草和渺小无助的女子，营造出一种对立感，这一画面，因具有深远的表现张力，为后世很多评论家所赞赏。自然界的宏大与人类的渺小，原野的空阔寂静和人心的焦虑、满腹苦楚，相互彰显。

斯干

秩秩斯干[①]，幽幽南山[②]。如竹苞矣[③]，如松茂矣。兄及弟矣，式相好矣[④]，无相犹矣[⑤]。

似续妣祖[⑥]，筑室百堵[⑦]，西南其户[⑧]。爰居爰处[⑨]，爰笑爰语。

约之阁阁[⑩]，椓之橐橐[⑪]。风雨攸除[⑫]，鸟鼠攸去，君子攸芋[⑬]。

如跂斯翼[⑭]，如矢斯棘[⑮]，如鸟斯革[⑯]，如翚斯飞[⑰]，君子攸跻[⑱]。

殖殖其庭[⑲]，有觉其盈[⑳]。哙哙其正[㉑]，哕哕其冥[㉒]。君子攸宁。

下莞上簟[㉓]，乃安斯寝[㉔]。乃寝乃兴[㉕]，乃占我梦[㉖]。吉梦维何？维熊维罴[㉗]，维虺维蛇[㉘]。

大人占之[㉙]，维熊维罴，男子之祥[㉚]；维虺维蛇，女子之祥。

乃生男子[㉛]，载寝之床[㉜]，载衣之裳[㉝]，载弄之璋[㉞]。其泣喤喤[㉟]，朱芾斯皇[㊱]，室家君王[㊲]。

乃生女子，载寝之地。载衣之裼[㊳]，载弄之瓦[㊴]。无非无仪[㊵]，唯酒食是议[㊶]，无父母贻罹[㊷]。

注释

①秩秩：涧水清清流淌的样子。斯：语气助词。干：山间流水。

②幽幽：深远的样子。南山：终南山，位于陕西西安市南。

③如：犹言“有……有……”。苞：竹木稠密丛生的样子。

④式：语气助词，无实义。好：友好和睦。

⑤犹：通“尤”，过失。

⑥似续：通“嗣续”，犹言“继承”。妣祖：先妣、先祖，统指祖先。

⑦堵：一面墙为一堵，一堵面积方丈。

⑧户：门。

⑨爰：于是。

⑩约：用绳索捆扎。阁阁：捆扎筑板的声音；一说将筑板捆扎牢固的样子。

⑪椓（zhuó）：用杵捣土，犹今之打夯。橐（tuó）橐：捣土的声音。

⑫攸：语气助词。

⑬芋：通“宇”，居住。

⑭跂（qǐ）：抬起脚跟站立。翼：鸟张翼状。

⑮棘：急，矢行缓则枉，急则直，急有直的意义。

⑯革：翅膀。此处指鸟飞则变为静止状态。

⑰翚（huī）：野鸡。

⑱跻（jī）：登。

⑲殖殖：平正的样子。庭：庭院。

⑳觉：高大而直立的样子。楹：柱子。

㉑哙（kuài）哙：宽敞明亮的样子。正：白天。

㉒哕（huì）哕：光明的样子。冥：夜里。

㉓莞（guān）：蒲草，可用来编席，此指蒲席。簟（diàn）：竹席。

㉔寝：睡觉。

㉕兴：起床。

㉖我：指殿寝的主人，此为诗人代主人的自称。

㉗罴（pí）：一种野兽，似熊而大。

㉘虺（huǐ）：一种毒蛇，颈细头大，身有花纹。

㉙大人：太卜，周代掌占卜的官员。

㉚祥：吉祥的征兆。古人认为熊罴是阳物，故为生男之兆；虺蛇为阴物，故为生女之兆。

㉛乃：如果。

㉜载寝之床：就睡在大床上。

㉝衣：穿衣。裳：下裙，此指衣服。

㉞璋：玉器。

㉟喤喤：哭声洪亮的样子。

㊱朱芾（fú）：用熟治的兽皮所做的红色蔽膝，为诸侯、天子所服。

㊲室家：指周室，周家、周王朝。君王：指诸侯、天子。

㊳裼（tì）：婴儿用的褓衣。

㊴瓦：陶制的纺线锤。

㊵非：错误。仪：善。

㊶议：谋虑、操持。古人认为女人主内，只负责办理酒食之事，即所谓“主中馈”。

㊷无父母诒罹：不要使父母遭非议。

《斯干》一诗，以友人的口吻，歌颂了一位贵族的美好品性和生活。

无羊

谁谓尔无羊[1]？三百维群[2]。谁谓尔无牛？九十其犉[3]。尔羊来思[4]，其角濈濈[5]。尔牛来思，其耳湿湿[6]。

或降于阿[7]，或饮于池，或寝或讹[8]。尔牧来思[9]，何蓑何笠[10]，或负其糇[11]。三十维物[12]，尔牲则具[13]。

尔牧来思，以薪以蒸[14]，以雌以雄[15]。尔羊来思，矜矜兢兢[16]，不骞不崩[17]。麾之以肱[18]，毕来既升[19]。

牧人乃梦，众维鱼矣[20]，旐维旟矣[21]。大人占之[22]，众维鱼矣，实维丰年。旐维旟矣，室家溱溱[23]。

注释

①尔：指放牧牛羊者。

②三百：与下文"九十"均为虚指，形容牛羊众多。

③犉（rún）：大牛，牛生七尺曰"犉"。

④思：语助词。

⑤濈（jí）濈：一作"戢戢"，群角聚集貌。

⑥湿（qì）湿：耳动貌。

⑦阿：丘陵。

⑧讹（é）：同"吪"，动，醒。

⑨牧：放牧。

⑩何：同“荷”，负，戴。蓑：草制雨衣。

⑪糇（hóu）：干粮。

⑫物：毛色。

⑬牲：牺牲，用以祭祀的牲畜。具：备。

⑭以：取。薪：粗柴。蒸：细柴。

⑮以雌以雄：带来雌鸟和雄鸟。

⑯矜矜：小心翼翼。兢兢：谨慎紧随貌，指羊怕失群。

⑰骞：损失，此指走失。崩：散乱。

⑱麾：挥。肱：手臂。

⑲毕：全。升：登入。

⑳众：蝗虫。古人以为蝗虫可化为鱼，旱则为蝗，风调雨顺则化鱼。

㉑旐（zhào）：画有龟蛇的旗，人口少的郊县所建。旟（yú）：画有鸟隼的旗。人口众多的州所建。

㉒大人：太卜之类官。占：占梦，解说梦之吉凶。

㉓溱（zhēn）溱：众盛貌。

透过万角攒动的牛羊群，作者把笔触转向了其中煞是鲜明的放牧者，他头戴斗笠、身披蓑衣、肩背干粮，风雨无阻，整天在外，显得非常地专业和能干。

节南山

节彼南山[1]，维石岩岩[2]。赫赫师尹[3]，民具尔瞻[4]。忧心如惔[5]，不敢戏谈。国既卒斩[6]，何用不监[7]！

节彼南山，有实其猗[8]。赫赫师尹，不平谓何？天方荐瘥[9]，丧乱弘多。民言无嘉，憯莫惩嗟[10]！

尹氏大师，维周之氐[11]，秉国之均[12]，四方是维，天子是毗[13]，俾民不迷。不吊昊天[14]，不宜空我师[15]。

弗躬弗亲，庶民弗信。弗问弗仕，勿罔君子？式夷式已[16]，无小人殆[17]。琐琐姻亚[18]，则无膴仕[19]！

昊天不佣[20]，降此鞠讻[21]。昊天不惠[22]，降此大戾[23]。君子如届[24]，俾民心阕[25]。君子如夷，恶怒是违。

不吊昊天，乱靡有定。式月斯生[26]，俾民不宁。忧心如酲，谁秉国成[27]？不自为政，卒劳百姓[28]。

驾彼四牡[29]，四牡项领[30]。我瞻四方，蹙蹙靡所骋[31]。

方茂尔恶[32]，相尔矛矣[33]。既夷既怿[34]，如相酬矣。

昊天不平，我王不宁。不惩其心，覆怨其正[35]。

家父作诵[36]，以究王讻。式讹尔心[37]，以畜万邦[38]。

①节：高峻的样子。

“方茂尔恶，相尔矛矣”一句说明师党与尹党互相倾轧，同时也互相勾结，导致朝政难以改革；“驾彼四牡，四牡项领”一句说明人们在无奈之下只能到其他的诸侯国避乱，但是已避无所避，因为宗周和四国都被师尹扰乱了。无奈之下，士大夫做了这首诗，“以究王讻”，以追究导致国家祸乱的罪魁祸首

②岩岩：积石貌。

③师尹：太师和尹氏。太师，西周掌军事大权的长官；尹氏，西周文职大臣尹吉甫的后代。

④具：通“俱”。

⑤惔（tán）：火烧。

⑥卒：全。

⑦何用：何以。

⑧有实：实实，广大的样子。《诗经》中形容词、副词以“有”

作词头者，相当于该词之重叠词。猗：指山坡。

⑨荐：重。瘥：疫病。

⑩憯（cǎn）：曾，乃。

⑪氐：根柢。

⑫均：此处指国家政权。

⑬毗：辅助。

⑭吊：善。昊天：犹言上天。

⑮空：空乏。师：众民。

⑯式夷式已：受伤或停职。

⑰无小人殆：不要受小人斥摈。

⑱琐琐：小小。姻亚：统指襟带关系。姻，儿女亲家；亚，通“娅”，姐妹之夫的互称。

⑲朊（wǔ）仕：厚任，高官厚禄。

⑳佣：均。

㉑鞫讻：极凶。

㉒不惠：不恩惠。

㉓戾：暴戾，灾难。

㉔君子如届：君子如果到来并过问。

㉕阕：息。

㉖式月斯生：应月乃生。

㉗秉：掌握。

㉘卒劳百姓：终于劳苦百姓。

㉙牡：公马。

㉚项领：肥大的脖颈。

㉛蹙蹙：局促的样子。

㉜茂：盛。恶：罪恶。

㉝相尔：观察您。

㉞怿：悦。

㉟覆：反而。正：规劝纠正。

㊱作诵：通“作讽”，作诗讽谏。

㊲讹：改变。

㊳畜：养。此处指安定。

正　月

正月繁霜[1]，我心忧伤。民之讹言[2]，亦孔之将[3]。念我独兮，忧心京京[4]。哀我小心，癙忧以痒[5]。

父母生我，胡俾我瘉[6]？不自我先，不自我后。好言自口，莠言自口[7]。忧心愈愈，是以有侮。

忧心惸惸[8]，念我无禄[9]。民之无辜，并其臣仆。哀我人斯，于何从禄？瞻乌爰止[10]，于谁之屋？

瞻彼中林，侯薪侯蒸[11]。民今方殆，视天梦梦。既克有定，靡人弗胜。有皇上帝，伊谁云憎？

谓山盖卑[12]？为冈为陵。民之讹言，宁莫之惩[13]。召彼故老，讯之占梦[14]。具曰予圣[15]，谁知乌之雌雄？

谓天盖高，不敢不局[16]。谓地盖厚，不敢不蹐[17]。维号斯言，有伦有脊[18]。哀今之人，胡为虺蜴[19]？

瞻彼阪田[20]，有菀其特[21]。天之扤我[22]，如不我克。彼求我则[23]，如不我得。执我仇仇[24]，亦不我力[25]。

心之忧矣，如或结之。今兹之正，胡然厉矣？燎之方扬[26]，宁或灭之[27]。赫赫宗周[28]，褒姒灭之。

终其永怀[29]，又窘阴雨。其车既载，乃弃尔辅[30]。载输尔载[31]，将伯助予[32]。

无弃尔辅，员于尔辐[33]。屡顾尔仆[34]，不输尔载。终逾绝险，曾是不意[35]。

鱼在于沼，亦匪克乐。潜虽伏矣，亦孔之炤[36]。忧心惨惨[37]，念国之为虐。

彼有旨酒，又有嘉肴。洽比其邻，昏姻孔云[38]。念我独兮，忧心慇慇[39]。

佌佌彼有屋[40]，蔌蔌方有穀[41]。民今之无禄，天夭是椓[42]。哿矣富人[43]，哀此惸独。

注释

①正月：正阳之月，夏历四月。

②讹言：谣言。

③孔：很。将：大。

④京京：忧愁深长。

⑤癙（shǔ）：幽闷。痒：病。

⑥俾：使。瘉：病，指痛苦。

⑦莠言：坏话。

⑧惸（qióng）：忧郁不快。

⑨无禄：没有福禄。

⑩乌：此处指周家受命之征兆。此下二句言周朝天命将坠。

⑪侯：维，语助词。薪、蒸：木柴。

⑫盖：通“气”，何。

⑬惩：警诫，制止。

⑭讯：问。

⑮具：通“俱”，都。

⑯局：弯曲。

⑰蹐：轻步走路。

⑱伦、脊：条理，道理。毛传：“伦，道；脊，理也。”

⑲虺蜴（huǐ yì）：毒蛇与蜥蜴，两者都为毒螫之虫，因以比喻肆意害人者。

⑳阪（bǎn）田：山坡上的田。

㉑有菀（wǎn）：茂盛。

㉒扤（wù）：动摇。

㉓则：语尾助词。

㉔仇（qiú）仇：傲慢。

㉕不我力：不用我。

㉖燎：放火焚烧草木。扬：盛。

㉗宁：岂。或：有人。

㉘宗周：西周。

㉙终：既。怀：忧伤。

㉚辅：车两侧的挡板。

㉛载输尔载：前一个“载”，虚词。后一个“载”，所载的货物。输，丢掉。

㉜将：请。伯：排行大的人，等于说老大哥。

㉝员：《毛传》：“益也。”指加固。

㉞仆：也叫伏兔，像伏兔一样附在车轴上固定车轴的东西。一说车夫。

㉟曾：竟，乃。不意：不以为意。

㊱炤：通“昭”，明显。

㊲惨惨：忧愁不安。

㊳云：亲近，周旋。

㊴慇慇：忧愁的样子。

㊵佌（cǐ）佌：低微。

㊶蔌（sù）蔌：鄙陋。

㊷椓（zhuó）：打击。

㊸哿（gě）：欢乐。

这首诗是表达诗人忧国忧民、愤世嫉俗的政治讽喻诗。

十月之交

十月之交[①]，朔日辛卯[②]，日有食之，亦孔之丑。彼月而微，此日而微。今此下民，亦孔之哀。

日月告凶，不用其行[③]。四国无政[④]，不用其良。彼月而食，则维其常[⑤]。此日而食，于何不臧[⑥]！

烨烨震电[⑦]，不宁不令[⑧]，百川沸腾[⑨]，山冢崒崩[⑩]；高岸为谷，深谷为陵。哀今之人，胡憯莫惩[⑪]？

皇父卿士[⑫]，番维司徒[⑬]，家伯维宰[⑭]，仲允膳夫[⑮]，聚子内史[⑯]，蹶维趣马[⑰]，楀维师氏[⑱]，艳妻煽方处[⑲]。

抑此皇父[⑳]，岂曰不时[㉑]？胡为我作[㉒]，不即我谋？彻我墙屋[㉓]，田卒汙莱[㉔]。曰予不戕[㉕]，礼则然矣。

皇父孔圣，作都于向[㉖]。择三有事[㉗]，亶侯多藏[㉘]。不慭遗一老[㉙]，俾守我王。择有车马，以居徂向[㉚]。

黾勉从事[㉛]，不敢告劳。无罪无辜，谗口嚣嚣[㉜]。下民之孽[㉝]，匪降自天。噂沓背憎[㉞]，职竞由人[㉟]。

悠悠我里[㊱]，亦孔之痗[㊲]。四方有羡，我独居忧。民莫不逸，我独不敢休。天命不彻[㊳]，我不敢傚我友自逸。

注释

①交：日月交会，指晦朔之间。

②朔日：初一。

③行：轨道，规律，法则。

④四国：泛指天下。

⑤则：犹。

⑥臧：善。

⑦烨（yè）烨：雷电闪耀。震电：如打雷闪电。

⑧宁、令：皆指安宁。

⑨川：江河。

⑩冢：山顶。崒：通“碎”，崩坏。

⑪憯（cǎn）：乃。莫惩：不戒惩。

⑫皇父：周幽王时的卿士。卿士：官名，总管王朝政事，为百官之长。

⑬番：姓。司徒：六卿之一，掌管土地人口。

⑭家伯：人名，周幽王的宠臣。宰：冢宰。六卿之一，“掌建六邦之典”。

⑮仲允：人名。膳夫：掌管周王饮食的官。

⑯棸（zōu）子：姓棸的人。内史：掌管周王的法令和对诸侯封赏册命的官。

⑰蹶（guì）：姓。趣马：养马的官。

⑱楀（jǔ）：姓。师氏：掌管贵族子弟教育的官。

⑲艳妻：指周幽王的宠妃褒姒。煽：炽热。

⑳抑：感叹词。

㉑岂：难道。

㉒我作：作我，役使我。

㉓彻：拆毁。

㉔汙：积水。莱：荒芜。

㉕戕（qiāng）：残害。

㉖向：地名。

㉗三有事：三有司，即三卿。

㉘亶（dǎn）：确实。侯：语气助词。

㉙憖（yìn）：愿意，肯。

㉚徂：到，去。“以居徂向”即“徂向以居”。

㉛黾（mǐn）勉：努力。

㉜嚣（áo）嚣：七嘴八舌的样子。

㉝孽：灾害。

㉞噂（zǔn）沓：聚在一起说话，形容议论纷纷。背憎：背后互相憎恨。

㉟职：主。

㊱里：“悝”之假借，忧愁。

㊲痗（mèi）：病。

㊳天命不彻：天命不合正道。

《十月之交》是一首政治怨刺诗，作者从自然现象着笔，继而揭露政治上的黑暗，再总结其深层原因，最后点出自己的做法，脉络十分清楚。

雨无正

浩浩昊天[1]，不骏其德[2]。降丧饥馑，斩伐四国[3]。旻天疾威[4]，弗虑弗图。舍彼有罪，既伏其辜[5]。若此无罪，沦胥以铺[6]。

周宗既灭[7]，靡所止戾[8]。正大夫离居[9]，莫知我勚[10]。三事大夫[11]，莫肯夙夜。邦君诸侯[12]，莫肯朝夕[13]。庶曰式臧[14]，覆出为恶[15]。

如何昊天，辟言不信[16]。如彼行迈[17]，则靡所臻[18]。凡百君子，各敬尔身[19]。胡不相畏[20]，不畏于天！

戎成不退，饥成不遂[21]。曾我暬御[22]，憯憯日瘁[23]。凡百君子，莫肯用讯[24]。听言则答[25]，谮言则退[26]。

哀哉不能言，匪舌是出[27]，维躬是瘁[28]。哿矣能言[29]，巧言如流，俾躬处休[30]。

维曰予仕[31]，孔棘且殆[32]。云不何使，得罪于天子。亦云可使，怨及朋友。

谓尔迁于王都[33]，曰予未有室家。鼠思泣血[34]，无言不疾[35]。昔尔出居，谁从作尔室[36]？

诗人在国破、世危的局面下，立场坚定地指责昏君、痛斥诸臣。

注释

①浩浩：广大的样子。

②骏：长。

③斩伐：犹言“残害”。四国：四方诸侯之国，犹言“天下四方”。

④疾威：暴虐。

⑤既：尽。伏：隐匿、隐藏。辜：罪。

⑥沦胥：沉没、陷入。

⑦周宗："宗周"，指西周王朝。

⑧靡所：没处。止戾（lì）：安定、定居。

⑨正大夫：长官大夫，即上大夫。

⑩勚（yì）：劳苦。

⑪三事大夫：指三公，即太师、太傅、太保。

⑫邦君：封国的君主。

⑬莫肯朝夕：郑笺："不肯晨夜朝暮省王也。"马瑞辰《毛诗传笺通释》："谓朝朝于君而不夕见也。"

⑭庶：庶几，表希望。臧：好，善。

⑮覆：反而。

⑯辟言：正言，合乎法度的话。

⑰行迈：出走、远行。

⑱臻：至。

⑲敬：谨慎。

⑳胡：何。

㉑饥成不遂：饥荒不退。

㉒暬（xiè）御：侍御。国王左右亲近之臣。

㉓憯（cǎn）憯：忧伤。瘁：病。

㉔讯：谏诤。

㉕听言：顺耳之言。答：应。

㉖谮（zèn）言：谏诤的话。

㉗出：通"绌"。

㉘瘁：病，或谓憔悴。

㉙哿（gě）：欢乐。能言：指能说会道的人。

㉚处休：处于安乐。

㉛维：句首助词。予仕：去做官。

㉜孔：很。棘：急，比喻艰难。殆：危险。

㉝尔：指上言正大夫、三事大夫等人。

㉞鼠：通“癙”，忧伤。

㉟疾：通“嫉”，嫉恨。

㊱作：营造。

小　旻

旻天疾威[1]，敷于下土[2]。谋犹回遹[3]，何日斯沮[4]？谋臧不从[5]，不臧覆用[6]。我视谋犹，亦孔之邛[7]。

潝潝訿訿[8]，亦孔之哀。谋之其臧，则具是违[9]。谋之不臧，则具是依[10]。我视谋犹，伊于胡底[11]。

我龟既厌[12]，不我告犹[13]。谋夫孔多，是用不集[14]。发言盈庭，谁敢执其咎[15]？如匪行迈谋[16]，是用不得于道。

哀哉为犹，匪先民是程[17]，匪大犹是经[18]；维迩言是听[19]，维迩言是争[20]。如彼筑室于道谋，是用不溃于成[21]。

国虽靡止[22]，或圣或否。民虽靡朊[23]，或哲或谋，或肃或艾[24]。如彼泉流，无沦胥以败[25]！

不敢暴虎[26]，不敢冯河[27]。人知其一，莫知其他[28]。战战兢兢，如临深渊，如履薄冰。

注释

①旻（mín）：此指苍天。疾威：暴虐。

②敷：布施。下土：人间。

③谋犹：谋划、策谋。回遹（yù）：邪僻。

④沮：阻止。

⑤臧：善、好。从：听从、采用。

看到国家日益凋敝，政权日益腐败，最高统治者昏聩无道，不禁悲从中来，作诗以述己思。

⑥覆：反而。

⑦孔：很。邛（qióng）：毛病、错误。

⑧潝（xì）潝：小人党同而相和的样子。訿（zǐ）訿：小人伐异而相毁的样子。

⑨具：同“俱”，都。

⑩依：依从。

⑪于：往、到。胡：何。厎：止。

⑫龟：指占卜用的灵龟。厌：厌恶。

⑬不我告犹：不告诉我什么是吉凶。

⑭集：成就。

⑮咎：罪过。

⑯匪行迈谋：不进而谋。

⑰匪：非。先民：古人，指古贤者。程：效法。

⑱大犹：大道。经：遵循。

⑲维：只有。迩言：近言，指谗佞、肤浅的言论。

⑳争：争辩、争论。

㉑溃：达到。

㉒靡止：（国土）狭小无所居。

㉓朊：大，多。

㉔艾：有治理国家才能的人。

㉕无：通“勿”。沦胥：沉没。败：败亡。

㉖暴虎：空手打虎。

㉗冯（píng）河：徒步渡河。

㉘其他：指种种丧国亡家的祸患。

小宛

宛彼鸣鸠[①]，翰飞戾天[②]。我心忧伤，念昔先人[③]。明发不寐[④]，有怀二人[⑤]。

人之齐圣[⑥]，饮酒温克[⑦]。彼昏不知，壹醉日富[⑧]。各敬尔仪[⑨]，天命不又。

中原有菽[⑩]，庶民采之。螟蛉有子[⑪]，蜾蠃负之[⑫]。教诲尔子[⑬]，式穀似之[⑭]。

题彼脊令[⑮]，载飞载鸣[⑯]。我日斯迈[⑰]，而月斯征[⑱]。夙兴夜寐，无忝尔所生[⑲]。

交交桑扈[⑳]，率场啄粟[㉑]。哀我填寡[㉒]，宜岸宜狱[㉓]。握粟出卜，自何能穀？

温温恭人[㉔]，如集于木。惴惴小心[㉕]，如临于谷。战战兢兢，如履薄冰。

注释

①宛：小的样子。鸠：鸟名，似山鹊而小，短尾，俗名斑鸠。

②翰飞：高飞。戾：至。

③先人：死去的祖先。

④明发：天亮。

⑤二人：父母。

⑥齐圣：正直聪明的人。

⑦温克：善于克制自己以保持温和、恭敬的仪态。

⑧壹醉：每饮必醉。富：盛、甚。

⑨仪：威仪。

⑩中原：原中，田野之中。菽：豆。

⑪螟蛉：螟蛾的幼虫。

⑫蜾蠃（guǒ luǒ）：一种黑色的细腰土蜂，常捕捉螟蛉入巢，以养育其幼虫，古人误以为是代螟蛾哺养幼虫，故称养子为螟蛉义子。负：背。

⑬尔：你、你们，此指作者的兄弟。

⑭式：句首语气词。穀：善。

⑮题（dì）：通“睇”，看。脊令：鸟名，通作“鹡鸰”，形似小鸡，常在水边捕食昆虫。

⑯载：则、且。

⑰迈：远行，行役。

⑱征：远行。

⑲忝：辱没。尔所生：指父母。

⑳交交：鸟鸣声。桑扈：鸟名，似鸽而小，青色，颈有花纹，俗名青雀。

㉑率：循、沿着。场：打谷场。

㉒填：通“殄”，穷困，困苦。寡：贫。

㉓岸：通“犴”，牢房。

㉔温温：和柔的样子。恭人：谦逊谨慎的人。

㉕惴惴：恐惧而警戒的样子。

小弁

弁彼鸒斯[1]，归飞提提[2]。民莫不穀[3]，我独于罹[4]。何辜于天[5]？我罪伊何？心之忧矣，云如之何[6]？

踧踧周道[7]，鞫为茂草[8]。我心忧伤，惄焉如抟[9]。假寐永叹[10]，维忧用老[11]。心之忧矣，疢如疾首[12]。

维桑与梓[13]，必恭敬止[14]。靡瞻匪父[15]，靡依匪母[16]。不属于毛[17]，不罹于里[18]。天之生我，我辰安在[19]？

菀彼柳斯[20]，鸣蜩嘒嘒[21]。有漼者渊[22]，萑苇淠淠[23]。譬彼舟流，不知所届[24]。心之忧矣，不遑假寐。

鹿斯之奔，维足伎伎[25]。雉之朝雊[26]，尚求其雌。譬彼坏木[27]，疾用无枝[28]。心之忧矣，宁莫之知[29]。

相彼投兔[30]，尚或先之[31]。行有死人[32]，尚或墐之[33]。君子秉心[34]，维其忍之[35]。心之忧矣，涕既陨之[36]。

君子信谗，如或酬之[37]。君子不惠，不舒究之[38]。伐木掎矣[39]，析薪扡矣[40]。舍彼有罪，予之佗矣[41]。

莫高匪山，莫浚匪泉[42]。君子无易由言[43]，耳属于垣[44]。无逝我梁[45]，无发我笱[46]。我躬不阅[47]，遑恤我后[48]！

注释

①弁（pán）：通“般”、鸒（yù）：鸟名，形似乌，大如鸽，

腹下白色。往往千百成群，鸣声雅雅。又名雅鸟。

②提（shí）提：群鸟安闲翻飞的样子。

③穀：美好。

④罹：忧愁。

⑤辜：罪过。

⑥云：句首语气词。

⑦踧（dí）踧：平坦的状态。周道：大道、大路。

⑧鞫：尽，皆。

⑨惄（nì）：思，想。

⑩假寐：不脱衣帽而卧。永叹：长叹。

⑪用：犹“而”。

⑫疢（chèn）：病，指内心忧痛烦热。疾首：头疼。如：犹“而”。

⑬桑、梓：古代桑、梓多植于住宅附近，后代遂为故乡的代称，见之自然思乡怀亲。

⑭止：语气词。

⑮靡：不。瞻：尊敬、敬仰。匪：不是。

⑯依：依恋，依靠。

⑰不属于毛：古代裘衣毛在外。毛在外属阳，指父亲。

⑱里：指母亲。

⑲辰：时运。

⑳菀：茂密的样子。

㉑蜩（tiáo）：蝉。嘒嘒：蝉鸣的声音。

㉒漼（cuǐ）：水深的样子。渊：深水潭。

㉓萑（huán）苇：芦苇。淠（pèi）淠：茂盛的样子。

㉔届：到、止。

㉕伎（qí）伎：鹿急跑的样子。

㉖雉（zhì）：野鸡。雊（gòu）：雉鸣。

㉗坏木：有病的树。

㉘疾：病。用：犹“而”。

㉙宁：难道。

㉚相：看。投兔：入网的兔子。

㉛先：开、放。

㉜行：路。

㉝墐（jìn）：通“殣”，掩埋。

㉞秉心：犹言居心、用心。

㉟维：犹“何”。忍：残忍。

㊱陨：落。

㊲酶：劝酒。

㊳舒：缓慢。究：追究、考察。

㊴掎（jǐ）：牵引。此句说，伐木要用绳子牵引着，把它慢慢放倒。

㊵析薪：劈柴。扡（chǐ）：顺着纹理劈开。

㊶佗（tuó）：加。

㊷浚：深。

㊸无易：不要轻易。

㊹属：连接。垣：墙。

㊺逝：拆毁。梁：拦水捕鱼的堤坝，亦称鱼梁。

㊻发：打开。笱（gǒu）：捕鱼用的竹笼。

㊼阅：容纳。

㊽恤：忧虑。

关于《小弁》一诗的主旨，或说是周幽王放逐太子宜臼，宜臼放歌述哀；或说是宣王时尹吉甫惑于后妻，逐前妻之子伯奇，伯奇忧而著诗。诗作抒写了遭受父母抛弃后的主人公在流浪途中的孤独、失落、思考以及质询。

巧言

悠悠昊天[①]，曰父母且[②]。无罪无辜，乱如此幠[③]。昊天已威[④]，予慎无罪[⑤]。昊天泰幠[⑥]，予慎无辜。

乱之初生，僭始既涵[⑦]。乱之又生，君子信谗。君子如怒[⑧]，乱庶遄沮[⑨]；君子如祉[⑩]，乱庶遄已。

君子屡盟[⑪]，乱是用长。君子信盗，乱是用暴[⑫]。盗言孔甘[⑬]，乱是用餤[⑭]。匪其止共[⑮]，维王之邛[⑯]。

奕奕寝庙[⑰]，君子作之。秩秩大猷[⑱]，圣人莫之[⑲]。他人有心[⑳]，予忖度之。跃跃毚兔[㉑]，遇犬获之。

荏染柔木[㉒]，君子树之。往来行言[㉓]，心焉数之。蛇蛇硕言[㉔]，出自口矣。巧言如簧[㉕]，颜之厚矣。

彼何人斯？居河之麋[㉖]。无拳无勇[㉗]，职为乱阶[㉘]。既微且尰[㉙]，尔勇伊何？为犹将多[㉚]，尔居徒几何[㉛]？

注释

①昊天：老天，苍天。

②且：语尾助词。

③幠（hū）：大。

④威：暴虐、威怒。

⑤慎：确实。

⑥泰：太。

⑦僭（jiàn）：谗言。涵：容纳。

⑧怒：怒责谗人。

⑨庶：几乎。遄沮：迅速终止。

⑩祉：福，此指任用贤人以致福。

⑪盟：与谗人结盟。

⑫盗：盗贼，借指谗人。

⑬孔甘：很好听，很甜。

⑭餤（tán）：原意为进食，引申为增多。

⑮止共：尽职尽责。

⑯邛：病。

⑰奕奕：高大貌。寝：宫室。庙：宗庙。

⑱秩秩大猷：多而有条理的典章制度。

⑲莫：谋划。

⑳他人有心：谗人有心破坏。

㉑跃（tì）跃：跳跃的样子。毚（chán）：狡猾。

㉒荏（rěn）染：柔弱貌。

㉓行言：统言。

㉔蛇（yí）蛇硕言：夸夸其谈的大话。

㉕巧言如簧：说话像奏乐一样好听。

㉖麋（méi）：通“湄”，水边。

㉗拳：勇。

㉘职：主要。乱阶：逐渐引出祸乱的一连串事件。

㉙微：小腿生疮。尰（zhǒng）：通“肿”，脚肿。

㉚犹：指诡计。

㉛徒：党徒。

《巧言》一诗的主旨，是抨击谗言的可恶。作者尽其所能，形象刻画了小人们的丑恶嘴脸，与此同时，作者针砭了君主的昏庸，并在论述中提出了自己的政治主张和构想，使诗作显得内容丰富、立意颇深。

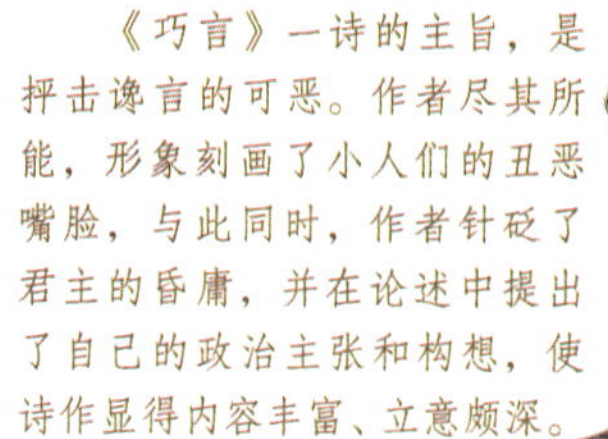

何人斯

彼何人斯[①]？其心孔艰[②]。胡逝我梁[③]，不入我门？伊谁云从[④]？维暴之云[⑤]。

二人从行[⑥]，谁为此祸？胡逝我梁，不入唁我[⑦]？始者不如今[⑧]，云不我可[⑨]。

彼何人斯？胡逝我陈[⑩]？我闻其声，不见其身。不愧于人，不畏于天。

彼何人斯？其为飘风。胡不自北？胡不自南？胡逝我梁？只搅我心。

尔之安行，亦不遑舍[⑪]；尔之亟行[⑫]，遑脂尔车[⑬]。壹者之来[⑭]，云何其盱[⑮]！

尔还而入，我心易也[⑯]。还而不入，否难知也[⑰]。壹者之来，俾我祇也[⑱]。

伯氏吹埙[⑲]，仲氏吹篪[⑳]。及尔如贯[㉑]，谅不我知[㉒]。出此三物[㉓]，以诅尔斯[㉔]。

为鬼为蜮，则不可得。有靦面目[㉕]，视人罔极[㉖]。作此好歌[㉗]，以极反侧[㉘]。

①斯：语气助词。

②孔：甚，很。艰：此指用心险恶难测。

③梁：拦水捕鱼的坝堰。

④伊谁云从：是听从什么人的话？

⑤云：言论。

⑥二人：主人公与“彼”人。

⑦唁：慰问。

⑧如：像。

⑨可：嘉、好。

⑩陈：堂下至门的路。

⑪遑：空闲。舍：止息。

⑫亟：急。

⑬脂：通“支”，以轫木支车轮使止住。

⑭壹者：犹云乃者。

⑮盱（xū）：张目。

⑯易：改变，此处指转悲为喜。

⑰否难知也：使我难知情。

⑱俾：使。祇：病也。

⑲伯氏：兄。埙（xūn）：古陶制吹奏乐器。

⑳仲：弟。篪（chí）：古竹制乐器。

㉑及：与。贯：为绳贯串之物。

㉒谅：诚。知：交好、相契。

㉓三物：猪、犬、鸡。

㉔诅：盟诅。古时订盟，杀牲歃血，告誓神明，若有违背，令神明降祸。

㉕靦（miǎn）：露面见人之状。此处指狡狯之貌。

㉖视：示。罔极：没有准则，指其心多变难测。

㉗好歌：善良、交好的歌。

㉘极：尽。反侧：在床上翻来覆去睡不着。此处指为人反复无常，不正直。

巷伯

萋兮斐兮[1]，成是贝锦[2]。彼谮人者，亦已大甚！

哆兮侈兮[3]，成是南箕[4]。彼谮人者，谁适与谋？

缉缉翩翩[5]，谋欲谮人。慎尔言也，谓尔不信。

捷捷幡幡[6]，谋欲谮言。岂不尔受，既其女迁[7]。

骄人好好[8]，劳人草草[9]。苍天苍天，视彼骄人，矜此劳人！

彼谮人者，谁适与谋？取彼谮人，投畀豺虎[10]；豺虎不食，投畀有北[11]；有北不受，投畀有昊[12]。

杨园之道，猗于亩丘[13]。寺人孟子[14]，作为此诗。凡百君子，敬而听之。

注释

①萋、斐（fěi）：都是纹采相错的样子。

②贝锦：织有贝纹图案的锦缎。

③哆（chǐ）：张大口。侈：大。

④南箕：星宿名。

⑤缉缉：附耳私语状。翩翩：往来迅速的样子。

⑥捷捷：意义与“缉缉”相同。幡幡：与“翩翩”意思相同。

⑦女：同“汝”。

无论处在什么样的环境中，人与人之间的矛盾都无法避免。比如，相互间的猜忌极容易影响彼此间的友情。《巷伯》就记载了这种情形和感情。

⑧骄人：进谗者。

⑨劳人：被谗者。草草：忧愁的样子。

⑩畀（bì）：与，给。

⑪有北：北方苦寒之地。

⑫有昊：苍天。

⑬猗：在……之上。亩丘：丘名。

⑭寺人：近侍，常指宦官。

谷 风

习习谷风[①]，维风及雨[②]。将恐将惧[③]，维予与女[④]。将安将乐，女转弃予[⑤]。

习习谷风，维风及颓[⑥]。将恐将惧，寘予于怀[⑦]。将安将乐，弃予如遗[⑧]。

习习谷风，维山崔嵬[⑨]。无草不死，无木不萎。忘我大德，思我小怨。

注 释

①习习：大风声。

②维：只，仅。

③将：方，正当。

④女：同“汝”，你。

⑤转：反而。

⑥颓：自上而下的旋风。

⑦寘予于怀：把我抱怀里。

⑧遗：遗忘。

⑨崔嵬（wéi）：山高峻的样子。

《谷风》的女主人公因为年老色衰，被狠心的丈夫抛弃，心中痛苦不堪。她想起从前生活艰苦时夫妻恩爱的场景，哀感连连不能自抑，所以作诗以遣心绪，抨击了那个“只可共患难，不能同安乐”的负心汉行径。

蓼莪

蓼蓼者莪[1]，匪莪伊蒿[2]。哀哀父母，生我劬劳[3]。

蓼蓼者莪，匪莪伊蔚[4]。哀哀父母，生我劳瘁。

瓶之罄矣[5]，维罍之耻[6]。鲜民之生[7]，不如死之久矣！无父何怙[8]？无母何恃？出则衔恤[9]，入则靡至。

父兮生我，母兮鞠我[10]。拊我畜我[11]，长我育我，顾我复我[12]，出入腹我[13]。欲报之德。昊天罔极[14]！

南山烈烈[15]，飘风发发[16]。民莫不穀[17]，我独何害！

南山律律[18]，飘风弗弗[19]。民莫不穀，我独不卒[20]！

注释

①蓼（lù）蓼：长又大的样子。莪（é）：一种草，即莪蒿。

②匪：同“非”。伊：是。

③劬（qú）劳：与下章“劳瘁”皆劳累之意。

④蔚（wèi）：一种草，即牡蒿。

⑤瓶：汲水器具。罄（qìng）：器皿中空。

⑥罍（lěi）：盛酒水器具。

⑦鲜（xiǎn）：指寡、孤。民：人。

⑧怙（hù）：依靠。

⑨衔恤：含忧。

⑩鞠：养。

《蓼莪》这首诗，主要是诗人抒发自己不能为父母养老送终的痛极之情，诗中充满了对已故父母的深情怀念、感恩、歌颂、内疚、忏悔和忆苦思甜等百感交集的复杂感情。

⑪拊：抚育，抚养。畜：培育。

⑫顾：顾念。复：返回，指不忍离去。

⑬腹：指怀抱。

⑭昊（hào）天罔极：犹云父母之恩广大无边，不知如何报答。

⑮烈烈：艰难，形容难于攀登。

⑯飘风：狂风。发发：风疾的样子。

⑰穀：善，指养。

⑱律律：同“烈烈”。

⑲弗弗：同“发发”。

⑳卒：终，指养老送终。

大　东

有饛簋飧[①]，有捄棘匕[②]。周道如砥[③]，其直如矢。君子所履[④]，小人所视。眷言顾之[⑤]，潸焉出涕[⑥]。

小东大东[⑦]，杼柚其空[⑧]。纠纠葛屦[⑨]，可以履霜[⑩]。佻佻公子[⑪]，行彼周行[⑫]。既往既来，使我心疚。

有洌氿泉[⑬]，无浸获薪[⑭]。契契寤叹[⑮]，哀我惮人[⑯]。薪是获薪，尚可载也。哀我惮人，亦可息也。

东人之子，职劳不来[⑰]。西人之子[⑱]，粲粲衣服。舟人之子[⑲]，熊罴是裘[⑳]。私人之子[㉑]，百僚是试[㉒]。

或以其酒，不以其浆[㉓]。鞙鞙佩璲[㉔]，不以其长[㉕]。维天有汉[㉖]，监亦有光[㉗]。跂彼织女[㉘]，终日七襄[㉙]。

虽则七襄，不成报章[㉚]。睆彼牵牛[㉛]，不以服箱[㉜]。东有启明[㉝]，西有长庚。有捄天毕[㉞]，载施之行[㉟]。

维南有箕[㊱]，不可以簸扬。维北有斗[㊲]，不可以挹酒浆[㊳]。维南有箕，载翕其舌[㊴]。维北有斗，西柄之揭[㊵]。

注释

①饛（méng）：食物满器貌。簋（guǐ）：古代一种圆口、圈足、有盖、有座的食器，青铜制或陶制，供统治阶级的人使用。飧（sūn）：晚饭。

《大东》是一首怨刺诗，作者是周代一个小的东方诸侯国的文人，他目睹周王室横征暴敛、鱼肉属国，愤然写了这首诗。

②捄（qiú）：曲而长貌。棘匕：酸枣木做的勺匙。

③周道：大路。砥：磨刀石，用以形容道路平坦。

④君子：统治阶级的人，与下句的“小人”相对。小人指被统治的民众。

⑤睠（juàn）言：眷恋回顾貌。

⑥潸（shān）：流泪貌。

⑦小东大东：西周时代以镐京为中心，统称东方各诸侯国为东国，以远近分，近者为小东，远者为大东。

⑧杼柚（zhù zhóu）：杼，织机之梭；柚，织机之大轴；合称

指织布机。

⑨纠纠：缠结貌。葛屦：葛布鞋。

⑩履：踏。

⑪佻佻：逸豫轻狂貌。

⑫周行：大道路。

⑬氿（guǐ）泉：泉流受阻溢而自旁侧流出的泉水，狭而长。

⑭获薪：砍下的薪柴。

⑮契契：忧结貌。寤叹：不寐而叹。

⑯惮：疲劳成病。

⑰职劳：从事劳役。来：慰勉。

⑱西人：周人。

⑲舟人：有舟之人，此处指西人中的富人。

⑳熊罴是裘：用熊皮、马熊皮为料制的皮袍。

㉑私人：家奴。

㉒百僚：犹云百隶、百仆。

㉓浆：薄酒。

㉔鞙（juān）鞙：形容玉圆（或长）之貌。璲（suì）：随身佩带的宝玉。

㉕以：因。

㉖汉：银河。

㉗监：照。

㉘跂：同“歧”，分叉状。织女：三星组成的星座名，呈三角形。

㉙七襄：七次移易位置。

㉚不成报章：织不成布帛。

㉛睆（huǎn）：明亮貌。牵牛：三颗星组成的星座名，又名河鼓星，俗名牛郎星。

㉜服箱：驾车运载。

㉝启明：启明星。

㉞天毕：毕星，八星组成的星座，状如捕兔的毕网。

㉟施：张。

㊱箕：俗称簸箕星，四星联成的星座，形如簸箕，距离较远的两星之间是箕口。

㊲斗：北斗星。

㊳挹：舀。

㊴翕：吸。

㊵西柄之揭：南斗星座呈斗形有柄，天体运行，其柄常在西方。

四　月

四月维夏[1]，六月徂署[2]。先祖匪人[3]，胡宁忍予[4]？
秋日凄凄，百卉俱腓[5]。乱离瘼矣[6]，爰其适归[7]。
冬日烈烈[8]，飘风发发[9]。民莫不穀[10]，我独何害[11]？
山有嘉卉，侯栗侯梅[12]。废为残贼[13]，莫知其尤[14]。
相彼泉水[15]，载清载浊[16]。我日构祸[17]，曷云能穀[18]？
滔滔江汉[19]，南国之纪[20]。尽瘁以仕[21]，宁莫我有[22]？
匪鹑匪鸢[23]，翰飞戾天[24]。匪鳣匪鲔[25]，潜逃于渊。
山有蕨薇[26]，隰有杞桋[27]。君子作歌，维以告哀。

注释

①四月：指夏历（今农历）四月。下句“六月”同。
②徂（cú）：往。
③匪人：不是他人。
④胡宁：为什么。忍予：忍心让我（受苦）。
⑤卉（huì）：草的总名。腓（féi）：（草木）枯萎或病。
⑥瘼（mò）：病、痛苦。
⑦爰：何。适：往、去。归：归宿。
⑧烈烈：“冽冽”，严寒的样子。
⑨飘风：疾风。发发：状狂风呼啸的象声词。

⑩榖（gǔ）：善、好。
⑪何：承受。
⑫俟：有。
⑬废：大。残贼：残害。
⑭尤：错，罪过。
⑮相：看。
⑯载清载浊：有时清有时浊。
⑰构：“遘”的假借字，遇。
⑱曷：何。
⑲江汉：长江、汉水。
⑳南国：指南方各河流。纪：众川之纲纪。
㉑尽瘁：尽心尽力以致憔悴。仕：任职。
㉒有：通“友”，友爱，相亲。
㉓鹑（tuán）：雕。鸢（yuān）：老鹰。
㉔翰飞：高飞。戾（lì）：至。
㉕鳣（zhān）：鲟一类的鱼。鲔（wěi）：鲟鱼。
㉖蕨薇：两种野菜。
㉗杞：树名。桋（yí）：赤楝。

本诗的作者是一位被放逐的官吏，因为莫须有的原因，为谗言所害，被君主放逐南国。

北山

陟彼北山，言采其杞[1]。偕偕士子[2]，朝夕从事。王事靡盬[3]，忧我父母。

溥天之下[4]，莫非王土。率土之滨[5]，莫非王臣。大夫不均，我从事独贤[6]。

四牡彭彭[7]，王事傍傍[8]。嘉我未老，鲜我方将[9]。旅力方刚[10]，经营四方[11]。

或燕燕居息[12]，或尽瘁事国[13]；或息偃在床[14]，或不已于行[15]。

或不知叫号[16]，或惨惨劬劳[17]；或栖迟偃仰[18]，或王事鞅掌[19]。

或湛乐饮酒[20]，或惨惨畏咎[21]；或出入风议[22]，或靡事不为[23]。

注释

①言：我。杞：枸杞，落叶灌木，果实入药，有滋补功用。

②偕偕：健壮貌。士：周王朝或诸侯国的低级官员。周时官员分卿、大夫、士三等，士的职级最低，士子是这些低级官员的通名。

③靡盬：无休止。

④溥：大。

⑤率土之滨：四海之内。古人以为中国大陆四周环海，自四面海滨之内的土地是中国领土。

⑥贤：贤劳，艰辛。

⑦牡：公马。彭彭：形容马奔走不息。

⑧傍傍：不得止。

⑨鲜：称赞。

⑩旅力：体力。

⑪经营：规划治理，此处指操劳办事。

⑫燕燕：安闲自得貌。

⑬尽瘁：尽心竭力。

⑭息偃：躺着休息。

⑮不已：不止。

⑯叫号：叫呼号召。

⑰惨惨：忧虑不安貌。劬劳：辛勤劳苦。

⑱栖迟：休息游乐。

⑲鞅掌：事多繁忙。

⑳湛（dān）：沉湎。

㉑畏咎：怕出差错获罪招祸。

㉒风议：放言高论。

㉓靡事不为：无事不作。

作为周代统治阶级内部最低一级的士，作者在表现士受到上层的王、公、卿大夫的压迫之后发出了“不平”的呼声，反映了当时统治阶级内部尖锐化的矛盾以及不合理的社会现状。

无将大车

无将大车[1]，祇自尘兮。无思百忧，祇自疷兮[2]。
无将大车，维尘冥冥[3]。无思百忧，不出于颎[4]。
无将大车，维尘雝兮[5]。无思百忧，祇自重兮[6]。

注释

①将：扶进，此指推车。大车：平地载运之车。

②疷（qí）：病痛。

③冥冥：昏暗，此处形容尘土迷蒙的样子。

④颎（jiǒng）：光亮。

⑤雝（yōng）：通“壅”，引申为遮蔽。

⑥重：加重。

《无将大车》一诗的主旨和作者，历来饱受争议，最恰当的应该是以下的这种说法：诗的作者是一位正直而有操守的官吏，他不见容于奸佞的同僚，为君主所疏远，无能为力，只得独自痛心于当朝政治的黑暗和统治者的昏庸，感时而伤乱，作歌来自我排遣，诉说自己内心的沉重与忧伤。

小　明

明明上天，照临下土。我征徂西[1]，至于艽野[2]。二月初吉[3]，载离寒暑[4]。心之忧矣，其毒大苦[5]。念彼共人[6]，涕零如雨。岂不怀归？畏此罪罟[7]。

昔我往矣，日月方除[8]。曷云其还[9]，岁聿云莫[10]？念我独兮，我事孔庶[11]。心之忧矣，惮我不暇[12]。念彼共人，睠睠怀顾[13]。岂不怀归，畏此谴怒。

昔我往矣，日月方奥[14]。曷云其还，政事愈蹙[15]？岁聿云莫，采萧获菽[16]。心之忧矣，自诒伊戚[17]。念彼共人，兴言出宿[18]。岂不怀归？畏此反覆[19]。

嗟尔君子，无恒安处[20]。靖共尔位[21]，正直是与[22]。神之听之，式穀以女[23]。

嗟尔君子，无恒安息。靖共尔位，好是正直。神之听之，介尔景福[24]。

注释

①征：行，此指行役。徂：往，前往。

②艽（qiú）野：荒远的边地。

③二月：指周正二月，即夏正之十二月。初吉：上旬的吉日。

④离：经历。

⑤毒：痛苦，磨难。

⑥共：此指恭谨尽心。

⑦罪罟（gǔ）：指法网。

⑧除：除旧，指旧岁辞去、新年将到。

⑨曷：何，何时。其：将。还：回去。

⑩聿云：二字均为语气助词。莫：岁暮，即年终。

⑪孔庶：很多。

⑫惮：劳苦。不暇：不得闲暇。

⑬睠睠："眷眷"，恋慕。

⑭奥：通"燠"，温暖。

⑮蹙：急促，紧迫。

⑯萧：艾蒿。菽：豆类。

⑰戚：忧伤，痛苦。

⑱兴言：语首助词。出宿：不能安睡。一说到外面去过夜。

⑲反覆：指不测之祸。

⑳恒：常。安处：安居，安逸享乐。

㉑靖：安定。共：通"恭"，奉，履行。位：职位，职责。

㉒与：亲近，友好。

㉓穀（gǔ）：善，此指福。以：与。女：通"汝"。

㉔介：给予。景福：犹言大福。

诗作从多侧面表现了诗人的内心世界，展示了其心理变化的轨迹，纵横交织，细腻婉转。

鼓钟

鼓钟将将[①]，淮水汤汤[②]。忧心且伤。淑人君子[③]，怀允不忘[④]。

鼓钟喈喈[⑤]，淮水湝湝[⑥]。忧心且悲。淑人君子，其德不回[⑦]。

鼓钟伐鼛[⑧]，淮有三洲[⑨]。忧心且妯[⑩]。淑人君子，其德不犹[⑪]。

鼓钟钦钦[⑫]。鼓瑟鼓琴，笙磬同音。以《雅》以《南》[⑬]，以籥不僭[⑭]。

注释

①鼓：敲击。将将：同“锵锵”，象声词。

②汤（shāng）汤：大水涌流貌。

③淑：善。

④怀：思念。允：确实。

⑤喈（jiē）喈：钟声。

⑥湝（jiē）湝：水流声。

⑦回：邪。

⑧伐：敲击。鼛（gāo）：一种大鼓。

⑨三洲：淮河上的三个小岛。

关于《鼓钟》的主旨，前人有过许多争论，主要围绕最早的一种观点“刺幽王”说展开。认同这一观点的学者认为，这首诗是用雅音正声与幽王的德行作对比，反衬幽王的无德无能。而反对这一观点的人则认为这一观点牵强附会，因为诗中并未指出这段音乐是何时、何人所奏。

⑩妯（chōu）：因悲伤而动容、心绪不宁。

⑪犹：奸邪。

⑫钦钦：象声词。

⑬以：为，作，指演奏、表演。《雅》：《诗经》中有《雅》。《南》：《诗经》中有《周南》《召南》。

⑭籥（yuè）：乐器名，似笛。不僭：按部就班，和谐合拍。

楚 茨

楚楚者茨[1]，言抽其棘[2]，自昔何为？我艺黍稷[3]。我黍与与[4]，我稷翼翼[5]。我仓既盈，我庾维亿[6]。以为酒食，以享以祀[7]，以妥以侑[8]，以介景福[9]。

济济跄跄[10]，絜尔牛羊[11]，以往烝尝[12]。或剥或亨[13]，或肆或将[14]。祝祭于祊[15]，祀事孔明[16]。先祖是皇[17]，神保是飨[18]。孝孙有庆[19]，报以介福[20]，万寿无疆！

执爨踖踖[21]，为俎孔硕[22]，或燔或炙[23]，君妇莫莫[24]。为豆孔庶[25]，为宾为客，献酬交错[26]。礼仪卒度[27]，笑语卒获[28]。神保是格[29]，报以介福，万寿攸酢[30]！

我孔熯矣[31]，式礼莫愆[32]。工祝致告[33]，徂赉孝孙[34]。苾芬孝祀[35]，神嗜饮食。卜尔百福[36]，如几如式[37]。既齐既稷[38]，既匡既敕[39]。永锡尔极[40]，时万时亿[41]！

礼仪既备，钟鼓既戒[42]，孝孙徂位[43]，工祝致告。神具醉止[44]，皇尸载起[45]。鼓钟送尸，神保聿归[46]。诸宰君妇[47]，废彻不迟[48]。诸父兄弟[49]，备言燕私[50]。

乐具入奏[51]，以绥后禄[52]。尔肴既将[53]，莫怨具庆。既醉既饱，小大稽首[54]。神嗜饮食，使君寿考[55]。孔惠孔时[56]，维其尽之[57]。子子孙孙，勿替引之[58]！

注释

①楚楚：植物丛生貌。茨：蒺藜，草本植物，有刺。

②抽：除去，拔除。棘：刺，指蒺藜。

③艺：种植。

④与与：茂盛貌。

⑤翼翼：繁盛茂密的样子。

⑥庾（yǔ）：露天粮囤，以草席围成圆形。亿：形容多。

⑦享：上供，祭献。

⑧妥：安坐。侑：劝进酒食。

⑨以介景福：用来助我得大福祉。

⑩济济：形容人多。跄（qiāng）跄：步趋有节貌。

⑪絜（jié）：同“洁”，洗净。

⑫烝：冬祭名。尝：秋祭名。

⑬剥：宰割肢解。亨：同“烹”，烧煮。

⑭肆：陈列，指将祭肉盛于鼎俎中。将：捧着献上。

⑮祝：太祝，司祭礼的人。祊（bēng）：设祭的地方，在宗庙门内。

⑯孔：很。明：指祭礼洁净。

⑰先祖是皇：先祖神道最堂皇。

⑱神保：祭时用人作尸之美称。飨：享受祭祀。

⑲孝孙：祭祀祖先时的主祭之人。庆：福。

⑳介福：大福。

㉑爨（cuàn）：烧菜煮饭。踖（jí）踖：恭谨敏捷貌。

㉒俎：祭祀时盛牲的礼器。硕：大。

㉓燔：烧肉。炙：烤肉。

㉔君妇：主妇。莫莫：恭谨。

㉕豆：食器，形状为高脚盘。庶：众，多，此指豆内食品繁多。

㉖献：主人劝宾客饮酒。酬：宾客向主人回敬。

㉗卒：尽，完全。度：法度。

㉘获：得时，恰到好处。

㉙格：至，来到。

㉚酢：回敬酒。

㉛戁（nǎn）：敬惧。

㉜式：发语词。愆（qiān）：过失，差错。

㉝工祝：祝官，主持祭祀司仪的人。致告：代神致辞，以告祭者。

㉞赉（lài）：赐予。

㉟苾（bì）：浓香。孝祀：犹享祀，指神享受祭祀。

㊱卜：给予。赐予。

㊲几：期。式：法，制度。

㊳齐：庄敬。稷：疾，敏捷。

㊴匡：正，端正。敕：严整。

㊵锡：赐。极：至，指最大的福气。

㊶时：是。

㊷戒：备。

㊸徂位：指孝孙回到原位。

㊹具：俱，皆。止：语气词。

㊺皇尸：代表神祇受祭的人。

㊻聿：乃。

㊼宰：掌膳食之人。

㊽彻：通“撤”，撤去。

㊾诸父：伯父、叔父等长辈。兄弟：同姓之叔伯兄弟。

㊿备：尽，完全。燕私：祭祀之后在后殿宴饮同姓亲属。

51入奏：进入后殿演奏。祭在宗庙前殿，祭后到后面的寝殿举行家族私宴。

52绥：安，此指安享。后禄：祭后的口福。

53将：美好。

54小大：指尊卑长幼的各种人。稽首：跪拜礼，双膝跪下，叩

《楚茨》作为一首祭祖祀神的乐歌，描写出了祭祀的全过程，一直从祭前的准备写到了祭后的宴乐，将周代祭祀的仪制详细展现了出来。

头至地。一种最恭敬的礼节。

㉕寿考：长寿。

㊱惠：顺利。时：善，好。

㊲尽之：尽其礼仪，指主人完全遵守祭祀礼节。

㊳替：废，改变。引之：长行此祭祀祖先之礼仪。

信南山

信彼南山[1]，维禹甸之[2]。畇畇原隰[3]，曾孙田之[4]。我疆我理[5]，南东其亩[6]。

上天同云[7]，雨雪雰雰[8]。益之以霡霂[9]。既优既渥[10]，既霑既足[11]，生我百谷。

疆埸翼翼[12]，黍稷彧彧[13]。曾孙之穑[14]，以为酒食。畀我尸宾[15]，寿考万年。

中田有庐[16]，疆埸有瓜。是剥是菹[17]，献之皇祖[18]。曾孙寿考，受天之祜[19]。

祭以清酒，从以骍牡[20]，享于祖考。执其鸾刀[21]，以启其毛，取其血膋[22]。

是烝是享，苾苾芬芬[23]。祀事孔明，先祖是皇。报以介福，万寿无疆。

注释

①信：延伸。

②禹：大禹。甸：治理。

③畇（yún）：平整田地。原隰：高原和洼地，泛指全部田地。

④曾孙：后代子孙。田：垦治田地。

⑤疆：田界，此处用作动词，划田界。理：田中的沟垄，此处

《信南山》是一首周王祭祖祈福的乐歌，与《楚茨》的意思大体相同，只是《楚茨》兼祭秋冬，而本诗专为冬祭。

亦用作动词。疆指划定大的田界，理则细分其地亩。

⑥南东：用作动词，指将田垄开辟成南北向或东西向。

⑦上天：冬季的天空。同云：天空布满阴云，浑然一色。

⑧雨雪：下雪，“雨”作动词，降落。雰雰：纷纷。

⑨益：加上。霢霂（mài mù）：小雨。

⑩优：充足。渥：湿润。

⑪霑：浸湿。

⑫埸（yì）：田界。翼翼：整齐貌。

⑬彧（yù）彧：茂盛貌。

⑭穑：收获庄稼。

⑮畀（bì）：给予。

⑯庐：通“芦”，萝卜。

⑰菹（zū）：腌菜。

⑱皇祖：先祖之美称。

⑲祜（hù）：福。

⑳骍（xīn）：赤色。牡：雄性兽，此指公牛。

㉑鸾刀：带铃的刀。

㉒膋（liáo）：脂膏，此指牛油。

㉓苾（bì）：浓香。

甫田

倬彼甫田[①]，岁取十千[②]。我取其陈，食我农人，自古有年[③]。今适南亩[④]，或耘或耔[⑤]，黍稷薿薿[⑥]。攸介攸止[⑦]，烝我髦士[⑧]。

以我齐明[⑨]，与我牺羊[⑩]，以社以方[⑪]。我田既臧[⑫]，农夫之庆。琴瑟击鼓，以御田祖[⑬]，以祈甘雨[⑭]，以介我稷黍，以穀我士女[⑮]。

曾孙来止[⑯]，以其妇子，馌彼南亩[⑰]，田畯至喜[⑱]。攘其左右，尝其旨否[⑲]。禾易长亩[⑳]，终善且有[㉑]。曾孙不怒，农夫克敏[㉒]。

曾孙之稼，如茨如梁[㉓]。曾孙之庾[㉔]，如坻如京[㉕]。乃求千斯仓，乃求万斯箱[㉖]。黍稷稻粱，农夫之庆。报以介福[㉗]，万寿无疆。

注释

①倬：广阔。甫：大。

②十千：言其多。

③有年：丰收年。

④适：去，至。

⑤耘：锄草。耔（zǐ）：培土。

⑥黍稷：谷类作物。薿（nǐ）薿：茂盛的样子。

这首诗是周王在祭祀四方之神、土地神、农神时所唱的祈年乐歌，主要描写了周王所重视的农业生产的两个方面，也就是祭神求福和馌礼劝农。

⑦介：长大。止：停止，指结实。
⑧烝：进呈。髦士：英俊人士。
⑨齐（zī）明：粢盛，祭祀用的谷物。
⑩牺：祭祀用的纯毛牲口。
⑪以：用作。社：祭土地神。方：祭四方神。
⑫臧：好，此指丰收。
⑬御（yà）：同“迓”，迎接。田祖：田神。
⑭祈：祈祷求告。
⑮穀：养活。士女：贵族男女。
⑯曾孙：周王自称，相对神灵和祖先而言。止：语气助词。
⑰馌（yè）：送饭。
⑱田畯：农官。
⑲旨：美味。
⑳易：禾盛貌。
㉑有：富足。
㉒克：能。敏：勤快。
㉓茨：茅屋顶。
㉔庾：粮仓。
㉕坻（chí）：水中高地。京：高丘。
㉖箱：车厢。
㉗介福：大福。

大 田

大田多稼[1]，既种既戒[2]，既备乃事[3]。以我覃耜[4]，俶载南亩[5]，播厥百谷[6]，既庭且硕[7]，曾孙是若[8]。

既方既皁[9]，既坚既好，不稂不莠[10]。去其螟螣[11]，及其蟊贼[12]，无害我田稚[13]！田祖有神[14]，秉畀炎火[15]。

有渰萋萋[16]，兴雨祁祁[17]。雨我公田[18]，遂及我私[19]。彼有不获稚[20]，此有不敛穧[21]。彼有遗秉[22]，此有滞穗[23]，伊寡妇之利[24]。

曾孙来止，以其妇子，馌彼南亩[25]，田畯至喜[26]。来方禋祀[27]，以其骍黑[28]。与其黍稷，以享以祀，以介景福[29]。

注释

①大田：面积广阔的农田。稼：种庄稼。

②既：已经。种：指选种籽。戒：同"械"，此指修理农业器械。

③乃事：这些事。

④覃（yǎn）："剡"，锋利。耜（sì）：古代一种似锹的农具。

⑤俶（chù）载：开始从事。

⑥厥：其。

⑦庭：挺拔。硕：大。

⑧曾孙是若：顺了曾孙的愿望。曾孙，周王对他的祖先和其他的神，都自称曾孙。若，顺。

⑨方：指谷粒已生嫩壳，但还没有合满。皁（zào）：指谷壳已

《大田》一诗主要描写周王督察秋季收获，祈求今后能收到更大的福祉。

经结成，但还未坚实。

⑩稂（láng）：指穗粒空瘪的禾。莠（yǒu）：田间似禾的杂草，也称狗尾巴草。

⑪螟（míng）：吃禾心的害虫。螣（tè）：吃禾叶的青虫。

⑫蟊（máo）：吃禾根的虫。贼：吃禾节的虫。

⑬稚：幼禾。

⑭田祖：农神。

⑮秉：执持。畀：给予。炎火：大火。

⑯有渰（yǎn）：“渰渰”，阴云密布的样子。

⑰祁祁：众多貌。

⑱公田：公家的田。

⑲私：私田。

⑳稚：低小的穗。

㉑穧（jì）：已割而未收的禾把。

㉒秉：把，捆扎成束的禾把。

㉓滞：遗留。

㉔伊寡妇之利：这都是寡妇得的利。

㉕馌（yè）：送饭。南亩：泛指农田。

㉖田畯（jùn）：周代农官，掌管监督农奴的农事工作。

㉗禋（yīn）祀：升烟以祭天，古代祭天的典礼，也泛指祭祀。

㉘骍（xīng）：指赤色牛。黑：指黑色的猪羊。

㉙介：祈求。景福：大福。

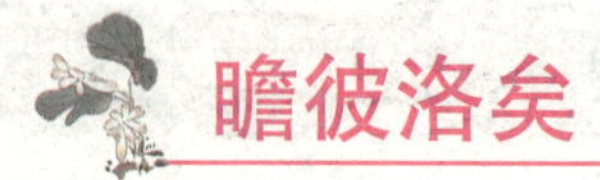

瞻彼洛矣

瞻彼洛矣，维水泱泱①。君子至止②，福禄如茨③。韎韐有奭④，以作六师⑤。

瞻彼洛矣，维水泱泱。君子至止，鞞琫有珌⑥。君子万年，保其家室。

瞻彼洛矣，维水泱泱。君子至止，福禄既同⑦。君子万年，保其家邦。

注释

①泱泱：水势盛大的样子。

②君子至止：君子到了这里。

③茨：屋盖，形容其多。

④韎韐（mèi gé）：用茜草染成绛色的革制品，如今之蔽膝。奭（shì）：赤色貌。

⑤以作六师：总领六军练兵忙。

⑥鞞（bǐ）：刀鞘。琫（běng）：刀鞘口周围的玉饰。珌（bì）：刀鞘末端的玉饰。

⑦同：聚集。

从纯粹艺术审美的角度来看，此诗的艺术形象似乎不太鲜明。天子一身戎装，隆重地出现在洛水岸边，臣下们高呼“我主万岁万万岁”，有如标语口号，实在乏味得很，但细细深究，就会发现隐含于诗后的蕴意。

裳裳者华

裳裳者华[①]，其叶湑兮[②]。我觏之子[③]，我心写兮[④]。我心写兮，是以有誉处兮[⑤]。

裳裳者华，芸其黄矣[⑥]。我觏之子，维其有章矣[⑦]。维其有章矣，是以有庆矣。

裳裳者华，或黄或白。我觏之子，乘其四骆[⑧]。乘其四骆，六辔沃若[⑨]。

左之左之，君子宜之。右之右之，君子有之。维其有之，是以似之[⑩]。

注释

①裳裳：犹“堂堂”，旺盛鲜艳的样子。华：花。

②湑（xǔ）：茂盛的样子。

③觏（gòu）：遇见。

④写：通“泻”，心情舒畅。

⑤誉：安乐。

⑥芸其：即“芸芸”，花色彩浓艳的样子。

⑦章：文章，指文采，礼乐。

⑧骆：黑鬃白马。

⑨沃若：光滑柔软的样子。

⑩似：通“嗣”，继承祖宗功业。

首《裳裳者华》描写的主题则是同性男子之间的相悦，没有异性间的纠结和依恋，唯有大气十足的赞美和惺惺相惜，给人以耳目一新之感。

桑扈

交交桑扈[①]，有莺其羽[②]。君子乐胥[③]，受天之祜[④]。
交交桑扈，有莺其领。君子乐胥，万邦之屏[⑤]。
之屏之翰[⑥]，百辟为宪[⑦]。不戢不难[⑧]，受福不那[⑨]。
兕觥其觩[⑩]，旨酒思柔[⑪]。彼交匪敖[⑫]，万福来求。

注释

①交交：鸟鸣声。桑扈：鸟名，即青雀。

②莺：指文采。

③君子：此指群臣。胥：语助词。

④祜：福禄。

⑤万邦：各诸侯国。屏：屏障。

⑥之：是。翰：指屏障。

⑦百辟：各国诸侯。宪：法度。

⑧不：语助词，下同。戢：克制，指和平。难：行有节度，指恭敬。

⑨那：多。

⑩兕觥（sì gōng）：牛角酒杯。觩（qiú）：弯曲的样子。

⑪旨酒：美酒。思：语助词。柔：指酒性温和。

⑫交：通“傲”，侮慢。匪敖：不傲慢。

诗作技艺精到，蕴藉颇深，风格怨而不怒，展现出极高的艺术价值。

鸳鸯

鸳鸯于飞[1]，毕之罗之[2]。君子万年，福禄宜之[3]。
鸳鸯在梁[4]，戢其左翼[5]。君子万年，宜其遐福[6]。
乘马在厩[7]，摧之秣之[8]。君子万年，福禄艾之[9]。
乘马在厩，秣之摧之。君子万年，福禄绥之[10]。

注释

①鸳鸯：水鸟名。古人以此鸟雌雄双居，永不分离，故称之为“匹鸟”。

②毕：长柄的小网，此处用作动词。罗：大网，此处用作动词。

③宜：《说文解字》：“宜，所安也。”引申为享。

④梁：筑在河湖池中拦鱼的水坝。

⑤戢：收敛。

⑥遐：远。

⑦乘（shèng）：四匹马拉的车子。乘马引申为拉车的马。厩：马棚。

⑧摧（cuò）：铡草喂马。秣（mò）：用粮食喂马。

⑨艾：养护。

⑩绥：安抚。

全诗寄予的情感纯洁而高雅，通过对鸳鸯细致入微的刻画，歌颂了雄雌鸳鸯不离不弃的高洁，为下文写人做好了铺垫。它们相依相伴，时而在水中嬉戏，拍打着艳丽的羽毛；时而在岸边憩息，用橘红色的小嘴梳理着自己的羽毛，而俨如一幅图画一样美好，动静结合活泼生动，突出人们对美好爱情的向往和对理想婚姻的礼赞。

頍弁

有頍者弁[①]，实维伊何[②]？尔酒既旨，尔肴既嘉[③]。岂伊异人，兄弟匪他。茑与女萝[④]，施于松柏。未见君子，忧心奕奕[⑤]。既见君子，庶几说怿[⑥]。

有頍者弁，实维何期[⑦]？尔酒既旨，尔肴既时[⑧]。岂伊异人，兄弟具来。茑与女萝，施于松上。未见君子，忧心怲怲[⑨]。既见君子，庶几有臧[⑩]。

有頍者弁，实维在首。尔酒既旨，尔肴既阜。岂伊异人，兄弟甥舅。如彼雨雪[⑪]，先集维霰[⑫]。死丧无日[⑬]，无几相见[⑭]。乐酒今夕，君子维宴。

注释

①頍（kuǐ）：古代发饰，用以固定帽子。弁（biàn）：皮帽。

②实维伊何：这是为什么？

③肴：荤菜。

④茑（niǎo）、女萝：都是善于攀缘的蔓生植物。

⑤弈弈：心神不安貌。

⑥说怿（yuè yì）：欢欣喜悦。

⑦期：语助词。

⑧时：善也，物得其时则善。

由于社会动乱，饮酒作乐的贵族们的命运岌岌可危、朝不保夕。沉湎于享乐之中是不对的，这种从他们的嘴里说出来的具有讽刺意义的诗句，更加表现出了那个奢靡时代的病态心理，更具有讽刺意味。

⑨怲（bǐng）怲：忧愁貌。

⑩臧：善。

⑪雨（yù）雪：下雪。

⑫霰（xiàn）：雪珠。

⑬无日：不知哪一天。

⑭无几：没有多久。

车 辖

间关车之辖兮[1]，思娈季女逝兮[2]。匪饥匪渴[3]，德音来括[4]。虽无好友，式燕且喜[5]。

依彼平林[6]，有集维鷮[7]。辰彼硕女[8]，令德来教。式燕且誉[9]，好尔无射[10]。

虽无旨酒，式饮庶几[11]。虽无嘉肴，式食庶几。虽无德与女，式歌且舞。

陟彼高冈，析其柞薪。析其柞薪，其叶湑兮[12]。鲜我觏尔[13]，我心写兮[14]。

高山仰止，景行行止[15]。四牡騑騑[16]，六辔如琴。觏尔新婚，以慰我心。

注释

①间关：车行时车轴铁头发出的声响。辖（xiá）：车轴头的铁键。

②娈：妩媚可爱。季女：少女。逝：往，指出嫁。

③匪：不。

④括：犹“佸”，会合。

⑤式：发语词。燕：通“宴”，宴饮。

⑥依：茂盛的样子。

⑦鷮（jiāo）：长尾野鸡。

⑧辰彼硕女：适时而嫁的那大姑娘。

⑨誉：通“豫”，安乐。

⑩无射（yì）：不厌烦。

⑪庶几：犹言“一些”。

⑫湑（xǔ）：茂盛。

⑬觏（gòu）：遇见。

⑭写：通“泻”，宣泄，指欢悦、舒畅。

⑮景行：大路。

⑯騑（fēi）騑：马行不止貌。

这首诗通过描写新郎的内心表白以及积攒起来的情话，展现了新郎那迫不及待的内心世界。在诗中诗人赞美了新婚者的德行。

青　蝇

营营青蝇[①]，止于樊[②]。岂弟君子[③]，无信谗言[④]。
营营青蝇，止于棘[⑤]。谗人罔极[⑥]，交乱四国[⑦]。
营营青蝇，止于榛[⑧]。谗人罔极，构我二人[⑨]。

注释

①营营：象声词，拟苍蝇飞舞声。

②止：停下。樊：篱笆。

③岂弟（kǎi tì）：同“恺悌”，平和有礼。

④谗言：挑拨离间的坏话。

⑤棘：酸枣树。

⑥罔极：没有标准。

⑦乱：搅乱、破坏。

⑧榛：榛树，一种灌木。

⑨构：播弄、陷害。

《青蝇》一诗谴责谗人害人祸国，劝告君子“无信谗言”。

宾之初筵

宾之初筵[1]，左右秩秩[2]。笾豆有楚[3]，肴核维旅[4]。酒既和旨[5]，饮酒孔偕[6]。钟鼓既设，举酬逸逸[7]。大侯既抗[8]，弓矢斯张。射夫既同[9]，献尔发功[10]。发彼有的[11]，以祈尔爵[12]。

籥舞笙鼓[13]，乐既和奏。烝衎烈祖[14]，以洽百礼[15]。百礼既至，有壬有林[16]。锡尔纯嘏[17]，子孙其湛[18]。其湛曰乐，各奏尔能[19]。宾载手仇[20]，室人入又[21]。酌彼康爵[22]，以奏尔时[23]。

宾之初筵，温温其恭。其未醉止[24]，威仪反反[25]。曰既醉止[26]，威仪幡幡[27]。舍其坐迁[28]，屡舞僊僊[29]。其未醉止，威仪抑抑[30]。曰既醉止，威仪怭怭[31]。是曰既醉，不知其秩[32]。

宾既醉止，载号载呶[33]。乱我笾豆，屡舞僛僛[34]。是曰既醉，不知其邮[35]。侧弁之俄[36]，屡舞傞傞[37]。既醉而出，并受其福。醉而不出，是谓伐德[38]。饮酒孔嘉，维其令仪[39]。

凡此饮酒，或醉或否。既立之监[40]，或佐之史[41]。彼醉不臧[42]，不醉反耻。式勿从谓[43]，无俾大怠[44]。匪言勿言[45]，匪由勿语[46]。由醉之言，俾出童羖[47]。三爵不识[48]，矧敢多又[49]？

注释

①初筵：宾客初入席时。

②左右：席位东西，主人在东，客人在西。秩秩：有序之貌。

③笾：竹制，盛瓜果干脯等。豆：木制或陶制，也有铜制的，盛鱼肉虀酱等，供宴会祭祀用。有楚：“楚楚”，陈列之貌。

④肴核：肉食和果品。旅：陈放。

⑤和旨：醇和甜美。

⑥孔：很。偕：通“嘉”。

⑦酶（chóu）：同“酬”，主人劝酒。逸逸：往来有秩序。

⑧大侯：射箭用的大靶子，用虎、熊、豹三种皮制成。抗：高挂。

⑨射夫：射手。

⑩发功：发箭射击的功夫。

⑪的：侯的中心，即靶心，也常指靶子。

⑫祈：求。尔爵：求射中而让别人饮罚酒之意。

⑬籥（yuè）舞：执籥而舞。

⑭烝：进。衎（kàn）：娱乐。

⑮洽：使和洽，指配合。

⑯有壬：“壬壬”，礼大之貌。有林：“林林”，礼多之貌。

⑰锡：赐。纯嘏（gǔ）：大福。

⑱湛（dān）：和乐。

⑲奏：进献。

⑳手仇：指对手。

㉑室人：主人。入又：又入，指主人亦随宾客入射以耦宾，即耦射。

㉒康爵：空杯。

㉓尔时：射中的宾客。

㉔止：语气助词。

㉕反反：谨慎凝重。

㉖曰既醉止：说是既醉了。

㉗幡幡：形容轻浮无威仪之貌。

㉘舍：放弃。坐迁：迁动当坐之礼。

㉙僊（qiān）僊：飞舞貌。

㉚抑抑：缜密，指庄重。

㉛怭（bì）怭：不庄重，轻浮。

㉜秩：常规。

㉝号：大声乱叫。呶（náo）：喧哗不止。

㉞僛（qī）僛：身体歪斜倾倒之貌。

㉟邮：通“尤”，过失。

㊱弁：皮帽。俄：倾斜不正。

㊲傞（suō）傞：醉舞不止貌。

㊳伐德：败德。

㊴令仪：美好的仪表礼节。

㊵监：酒监，宴会上监督礼仪的官。

㊶史：酒史，记录饮酒时言行的官员。燕饮之礼必设监，不一定设史。

㊷臧：好。

㊸式：发语词。勿从谓：不要从而为之。

㊹俾：使。大怠：太轻慢失礼。

㊺匪言：指不该问话。

㊻匪由：指不合法道的话。

㊼童羖（gǔ）：没角的公山羊。

㊽三爵：《礼记·玉藻》：“君子之饮酒也，受一爵而色洒如也，二爵而言言斯，礼已三爵而油油，以退。”孔颖达疏引《春秋传》：“臣侍君宴，过三爵，非礼也。”

㊾矧（shěn）：何况。又：通“侑”，劝酒。

本诗在写作上采用了欲抑先扬的写法，在诗人反复直陈醉酒之态来警诫世人之后，再描述贵族烂醉之后的丑陋形态，对比鲜明，引人深思。

鱼藻

鱼在在藻，有颁其首①。王在在镐②，岂乐饮酒③。
鱼在在藻，有莘其尾④。王在在镐，饮酒乐岂。
鱼在在藻，依于其蒲⑤。王在在镐，有那其居⑥。

注释

①颁（fén）：头大的样子。
②镐：镐京。
③岂（kǎi）乐：欢乐。
④莘（shēn）：尾巴长的样子。
⑤蒲：多年生草本植物，叶长而尖，多长在河滩上。
⑥那：安闲的样子。

这首诗文字朴实，却有一股清新之气，在语言技巧和结构方式以及总体风格上都和民谣非常接近。尤其是诗中的问答体式，更是直逼民歌的范式，足见民间文化对庙堂文化的渗透。

采菽

采菽采菽[①]，筐之筥之[②]。君子来朝，何锡予之？虽无予之，路车乘马[③]。又何予之？玄衮及黼[④]。

觱沸槛泉[⑤]，言采其芹。君子来朝，言观其旂。其旂淠淠[⑥]，鸾声嘒嘒[⑦]。载骖载驷，君子所届[⑧]。

赤芾在股[⑨]，邪幅在下[⑩]。彼交匪纾[⑪]，天子所予。乐只君子[⑫]，天子命之。乐只君子，福禄申之[⑬]。

维柞之枝，其叶蓬蓬。乐只君子，殿天子之邦[⑭]。乐只君子，万福攸同。平平左右[⑮]，亦是率从。

汎汎杨舟，绋缅维之[⑯]。乐只君子，天子葵之[⑰]。乐只君子，福禄膍之[⑱]。优哉游哉[⑲]，亦是戾矣[⑳]。

注释

①菽（shū）：大豆。

②筥（jǔ）：亦筐也，方者为筐，圆者为筥。

③路车：辂车，古时天子或诸侯所乘。

④玄衮（gǔn）：浅黑画卷龙袍。黼（fǔ）：绣在礼服上的黑白相间的斧形花纹。

⑤觱（bì）沸：泉水涌出的样子。槛泉：正向上涌出之泉。

⑥淠（pèi）淠：旗帜飘动。

⑦鸾：一种铃。嘒（huì）嘒：铃声有节奏。

⑧届：到。

《采薇》这首诗通过从未见诸侯时的思念之情，到远远看到诸侯来到，再到靠近看到诸侯的仪态，到最后对诸侯们功绩和福禄的颂扬之情，描绘了一幅春秋时代诸侯朝见天子时的历史画卷，气势磅礴，生动形象，十分吸引人。

⑨芾（fú）：蔽膝。

⑩邪幅：像绑腿。

⑪纾：怠慢。

⑫只：语助词。

⑬申：重复。

⑭殿：镇抚。

⑮平平：娴雅。

⑯绋（fú）：粗大的绳索。缅（lí）：系，拴。

⑰葵：通“揆”，度量。

⑱膍（pí）：厚赐。

⑲优哉游哉：悠闲自得的样子。

⑳戾（lì）：至，至极。

角弓

骍骍角弓[1]，翩其反矣[2]。兄弟昏姻[3]，无胥远矣[4]。

尔之远矣，民胥然矣[5]。尔之教矣，民胥傚矣。

此令兄弟[6]，绰绰有裕[7]。不令兄弟，交相为瘉[8]。

民之无良，相怨一方。受爵不让，至于已斯亡[9]。

老马反为驹，不顾其后。如食宜饫[10]，如酌孔取[11]。

毋教猱升木[12]，如涂涂附[13]。君子有徽猷[14]，小人与属[15]。

雨雪瀌瀌[16]，见晛曰消[17]。莫肯下遗[18]，式居娄骄[19]。

雨雪浮浮[20]，见晛曰流。如蛮如髦[21]，我是用忧。

注释

①骍（xīn）骍：弦和弓调和的样子。

②翩其：自然地。反矣：弹弓弦，弓弦自然会回弹。

③昏姻：姻亲关系。

④胥：相。

⑤胥：皆。

⑥令：善。

⑦绰绰：宽裕舒缓的样子。

⑧瘉（yù）：病，此指残害。

⑨至于：直到。

本诗希望君主能够像个君子，亲近兄弟而疏远小人，成为一名优秀的君主。当他的耳边再也没有小人们在肆意聒噪，那么他曾经泯灭的良知一定会复苏，这样兄弟能够重归于好，天下也将变得十分美好。

⑩饫（yù）：饱。

⑪孔：恰如其分。

⑫猱（náo）：猿类，善攀缘。

⑬如涂涂附：在污泥上面涂一层污泥。

⑭徽：美。猷：道。

⑮与：从；属：依附。

⑯瀌（biāo）瀌：下雪很盛的样子。

⑰晛（xiàn）：日气。

⑱莫肯下遗：不肯谦下。

⑲式：用，因也。居：通“倨”，傲慢。娄：收敛。

⑳浮浮：与“瀌瀌”义同。

㉑髦：古代对西南少数民族的称呼。

菀柳

有菀者柳[①]，不尚息焉[②]。上帝甚蹈[③]，无自暱焉[④]。俾予靖之[⑤]，后予极焉[⑥]。

有菀者柳，不尚愒焉[⑦]。上帝甚蹈，无自瘵焉[⑧]。俾予靖之，后予迈焉[⑨]。

有鸟高飞，亦傅于天[⑩]。彼人之心，于何其臻？曷予靖之，居以凶矜[⑪]。

注释

①菀（yù）：树木茂盛。

②尚：庶几。

③蹈：动，变化无常。

④暱（nì）：亲近。

⑤靖：安定。

⑥极：同“殛”，诛杀。

⑦愒（qì）：休息。

⑧瘵（zhài）：接近。

⑨迈：行，指放逐。

⑩傅：至。

⑪居以凶矜：他必置我于凶险之境。

《菀柳》一诗的作者，是一位耿直而愤激的官吏，他才华卓著但未被重用，冷眼于当朝的黑暗统治，不满君主暴虐无常，悲慨至极；可能他还受到了难以言说的不公平待遇，非常伤心失望，于是作歌警醒同事和世人，让他们警惕无道的君主，千万不要前去亲近。

都人士

彼都人士，狐裘黄黄。其容不改，出言有章。行归于周，万民所望。

彼都人士，台笠缁撮[①]。彼君子女，绸直如发[②]。我不见兮，我心不说[③]。

彼都人士，充耳琇实[④]。彼君子女，谓之尹吉[⑤]。我不见兮，我心苑结[⑥]。

彼都人士，垂带而厉[⑦]。彼君子女，卷发如虿[⑧]。我不见兮，言从之迈。

匪伊垂之，带则有余。匪伊卷之，发则有旟[⑨]。我不见兮，云何盱矣[⑩]。

注释

①缁撮：缁布冠。

②绸：密，致密。

③说（yuè）：同“悦”。

④琇（xiù）：一种宝石。

⑤尹吉：当时的两个大姓。

⑥苑：郁结。

⑦厉：带之垂者。

⑧虿（chài）：蝎类的一种。长尾曰虿，短尾曰蝎。

本诗通过表现昔日都城男女的仪容之美，展现了周王朝曾经的繁荣昌盛，同时表现出作者对如今在外族的入侵之下华夏文化逐渐衰微的心痛，最终作者发出了“我心苑结”“云何盱矣”的感慨。

⑨旟（yú）：上扬。

⑩盱（xū）：忧愁。

采绿

终朝采绿[①]，不盈一匊[②]。予发曲局，薄言归沐。
终朝采蓝，不盈一襜[③]。五日为期，六日不詹[④]。
之子于狩，言韔其弓[⑤]。之子于钓，言纶之绳。
其钓维何？维鲂及鱮。维鲂及鱮，薄言观者[⑥]。

注释

①绿：草名，即荩草。
②匊（jū）：同“掬”，两手合捧。
③襜（chān）：围裙。
④詹：至也。
⑤韔（chàng）：弓袋，此处用作动词。
⑥观：多。

《采绿》一诗描写了女子对外出逾期不回的丈夫的思念。

黍苗

芃芃黍苗[①]，阴雨膏之。悠悠南行，召伯劳之。
我任我辇[②]，我车我牛。我行既集[③]，盖云归哉[④]。
我徒我御，我师我旅。我行既集，盖云归处。
肃肃谢功[⑤]，召伯营之。烈烈征师[⑥]，召伯成之。
原隰既平[⑦]，泉流既清。召伯有成，王心则宁。

注释

①芃（péng）芃：草木繁盛的样子。

②辇：推车。

③集：完成。

④盖：同“盍”，何不。

⑤肃肃：严正的样子。功：工程。

⑥烈烈：威武的样子。

⑦原：高平之地。隰：低湿之地。

本诗依循时间顺序，按情节发展叙写来龙去脉，言简而意赅，但它传达出这样一种深刻的治国思想：威望、品德比政策、高压更重要，柔性的御民方式更能显出奇效。

隰　桑

隰桑有阿①，其叶有难②。既见君子③，其乐如何？
隰桑有阿，其叶有沃④。既见君子，云何不乐？
隰桑有阿，其叶有幽⑤。既见君子，德音孔胶⑥。
心乎爱矣，遐不谓矣⑦？中心藏之，何日忘之？

注释

①隰：低湿的地方。阿：美。
②难（nuó）：盛。
③君子：指所爱者。
④沃：柔美。
⑤幽：青黑色。
⑥胶：牢固。
⑦遐：何。谓：告诉。

《隰桑》一诗，历来有两种解释，一种基于其内容，被视为爱情诗，一位年少的怀春女子，对所爱男子百般痴想，但不敢向其诉说；另一种被视为周文王被拘七年，最终从羑里被释返回周国时，人们所作的欢迎之歌。两种解释都非常合理、圆熟自然，显示了诗歌的开放性和蕴藉性。

白 华

白华菅兮[1]，白茅束兮。之子之远，俾我独兮。

英英白云，露彼菅茅。天步艰难[2]，之子不犹[3]。

滮池北流[4]，浸彼稻田。啸歌伤怀，念彼硕人。

樵彼桑薪，卬烘于煁[5]。维彼硕人，实劳我心。

鼓钟于宫，声闻于外。念子懆懆[6]，视我迈迈[7]。

有鹙在梁[8]，有鹤在林。维彼硕人，实劳我心。

鸳鸯在梁，戢其左翼。之子无良，二三其德。

有扁斯石，履之卑兮。之子之远，俾我疧兮[9]。

注释

①菅（jiān）：多年生草本植物。

②天步：天运，命运。

③犹：可。

④滮（biāo）：水名，在今陕西。

⑤卬：我。煁（shén）：越冬烘火之行灶。

⑥懆（cǎo）懆：愁苦不安。

⑦迈迈：不高兴。

⑧鹙（qiū）：水鸟名，头与颈无毛，似鹤。梁：鱼梁，拦鱼的水坝。

⑨疧（qí）：因忧愁而得病。

《诗经》中有很多关于弃妇的诗，《白华》就是其中的一首。这位被抛弃的女子应该是一位贵族女子。全诗语言委婉曲折，充分表达了诗人矛盾而复杂的心情，使读者如闻其诉，深受感动。

绵蛮

绵蛮黄鸟[①]，止于丘阿[②]。道之云远，我劳如何？饮之食之，教之诲之。命彼后车[③]，谓之载之。

绵蛮黄鸟，止于丘隅。岂敢惮行，畏不能趋[④]。饮之食之。教之诲之。命彼后车，谓之载之。

绵蛮黄鸟，止于丘侧。岂敢惮行，畏不能极[⑤]。饮之食之，教之诲之。命彼后车，谓之载之。

注释

①绵蛮：《毛传》："绵蛮，小鸟貌。"

②丘阿：山坡凹陷处。

③后车：诸侯出行时的从车，又叫副车。

④趋：快走。

⑤极：至。

关于《绵蛮》的主旨，古代学者主张这首诗的作者是一个下层官吏，他在行役途中，抱怨高层的长官施政不仁，把自己的窘迫抛之脑后，不闻不问，没有给予必要的给养，也没有开展教育、培训工作，更别提升官提携了，由此心中幽怨，作诗抒发。

瓠叶

幡幡瓠叶[①]，采之亨之[②]。君子有酒，酌言尝之。
有兔斯首[③]，炮之燔之[④]。君子有酒，酌言献之。
有兔斯首，燔之炙之[⑤]。君子有酒，酌言酢之[⑥]。
有兔斯首，燔之炮之。君子有酒，酌言酬之。

注释

①幡（fān）幡：反复翻动的样子。瓠（hù）：葫芦科植物的总称。

②亨：同“烹”。

③斯首：白头。

④炮（páo）：将带毛的动物裹上泥放在火上烧。燔（fán）：用火烤熟。

⑤炙：将肉类在火上熏烤使熟。

⑥酢（zuò）：回敬酒。

《瓠叶》是一首庶人宴请朋友之诗，它表达了主人在宴饮宾客时的自谦。本诗主要突出菜肴的简约，十分具有个性，独树一帜。

渐渐之石

渐渐之石[①]，维其高矣。山川悠远，维其劳矣[②]。武人东征[③]，不皇朝矣[④]。

渐渐之石，维其卒矣[⑤]。山川悠远，曷其没矣[⑥]。武人东征，不皇出矣[⑦]。

有豕白蹢[⑧]，烝涉波矣[⑨]。月离于毕[⑩]，俾滂沱矣[⑪]。武人东征，不皇他矣。

注释

①渐（chán）渐：山石高峻。

②劳：通“辽”，广阔。

③武人：指将士。

④不皇朝：无暇日。

⑤卒：山高峻而危险。

⑥曷其没矣：什么时候可以结束。

⑦不皇出：只知不断深入，无暇顾及出来。

⑧有豕白蹢（dí），烝涉波矣：天象。夜半汉中有黑气相连，俗称黑猪渡河，这是要下雨的气候。

⑨月离于毕：天象。月儿投入毕星，有雨的征兆。

⑩滂沱：下大雨的样子。

⑪不皇他：无暇顾及其他。

本诗是一首描述出征在外的将士们行军十分艰难的诗，大概是一名下级军官在途中写的，他自述了在东征途中的劳苦，重点叙述了行军过程中的艰难和紧张，并写出了行军途中的景色。诗人通过记述眼前的事情，来表达被迫上战场的将士们无奈的哀怨和悲叹。

苕之华

苕之华[①]，芸其黄矣[②]。心之忧矣，维其伤矣[③]！
苕之华，其叶青青。知我如此，不如无生！
牂羊坟首[④]，三星在罶[⑤]。人可以食，鲜可以饱[⑥]！

注释

①苕（tiáo）：植物名，又叫凌霄。
②芸（yún）其：芸然，一片黄色的样子。
③维其：何其。
④牂（zāng）羊：母羊。坟：大。
⑤罶（liǔ）：捕鱼的竹器。
⑥鲜（xiǎn）：少。

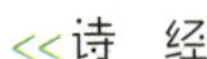

本诗真实再现了周代的灾荒，以及那时恶劣的社会现实与人民深重的苦难。

何草不黄

何草不黄？何日不行[①]？何人不将[②]？经营四方。
何草不玄[③]？何人不矜[④]？哀我征夫，独为匪民。
匪兕匪虎[⑤]，率彼旷野[⑥]。哀我征夫，朝夕不暇。
有芃者狐[⑦]，率彼幽草。有栈之车[⑧]，行彼周道[⑨]。

注释

①行：出行。此指行军，出征。

②将：出征。

③玄：发黑腐烂。

④矜（guān）：通“鳏”，老而无妻者。征夫离家，等于无妻。

⑤兕（sì）：野牛。

⑥率：沿着。

⑦芃（péng）：兽毛蓬松。

⑧栈车：役车。

⑨周道：大道。

《何草不黄》这首诗主要描写人民因为征战不息而感到怨恨。

大 雅

文 王

文王在上[1]，於昭于天[2]。周虽旧邦[3]，其命维新[4]。有周不显[5]，帝命不时[6]。文王陟降[7]，在帝左右[8]。

亹亹文王[9]，令闻不已[10]。陈锡哉周[11]，侯文王孙子[12]。文王孙子，本支百世[13]。凡周之士[14]，不显亦世[15]。

世之不显，厥犹翼翼[16]。思皇多士[17]，生此王国。王国克生[18]，维周之桢[19]。济济多士[20]，文王以宁。

穆穆文王[21]，於缉熙敬止[22]。假哉天命[23]，有商孙子[24]。商之孙子，其丽不亿[25]。上帝既命，侯于周服[26]。

侯服于周，天命靡常[27]。殷士肤敏[28]，裸将于京[29]。厥作裸将，常服黼冔[30]。王之荩臣[31]，无念尔祖[32]。

无念尔祖，聿修厥德[33]。永言配命[34]，自求多福。殷之未丧师[35]，克配上帝[36]。宜鉴于殷，骏命不易[37]。

命之不易，无遏尔躬[38]。宣昭义问[39]，有虞殷自天[40]。上天之载[41]，无声无臭[42]。仪刑文王[43]，万邦作孚[44]。

注释

①文王：周文王。

②於（wū）：赞叹。昭：光明显耀。

这是一首在大型宴会上唱的叙事雅歌，主要歌颂周文王姬昌。

③旧邦：周在氏族社会本是姬姓部落，后与姜姓联合为部落联盟，在西北发展。周立国从尧舜时代的后稷算起。

④命：天命，即天帝的意旨。

⑤有周：周王朝。不（pī）：同“丕”，大。

⑥时：是。

⑦陟降：上行曰陟，下行曰降。

⑧左右：犹言身旁。

⑨亹（wěi）亹：勤勉不倦貌。

⑩令闻：美好的名声。不已：无尽。

⑪陈锡：重赐，原赐。

⑫侯：乃。孙子：子孙。

⑬本支：以树木的本枝比喻子孙繁衍。

⑭士：这里指统治周朝享受世禄的公侯卿士百官。

⑮亦世：累世。

⑯厥：其。犹：谋划。翼翼：恭谨勤勉貌。

⑰思：语首助词。皇：美、盛。

⑱克：能。

⑲桢：支柱、骨干。

⑳济济：盛多。

㉑穆穆：美好。

㉒缉熙：光明。敬止：敬之，严肃诚敬。

㉓假：大。

㉔有：得有。

㉕其丽不亿：其数极多。

㉖周服：服周。

㉗靡常：无常。

㉘殷士肤敏：殷臣美好敏疾。

㉙祼（guàn）：古代一种祭礼，把酒洒在地上以祭神。

㉚常服：祭祀规定的服装。黼（fǔ）：绣有白黑相间的斧形花纹衣服。冔（xǔ）：礼帽。

㉛荩（jìn）臣：忠臣。

㉜无念：念。

㉝聿（yù）：发语助词。

㉞永言：久长。配命：与天命相合。

㉟丧师：指丧失民心。

㊱克配上帝：可以与上帝之意相称。

㊲骏命：大命，也即天命。

㊳遏：止、绝。尔躬：你身。

㊴宣昭：宣明传布。义问：美好的名声。

㊵有虞殷自天：殷的喜悲从天命。

㊶载：事。

㊷臭（xiù）：味。

㊸仪刑：效法。

㊹孚：信服。

大 明

明明在下[①]，赫赫在上[②]。天难忱斯[③]，不易维王[④]。天位殷适[⑤]，使不挟四方[⑥]。

挚仲氏任[⑦]，自彼殷商[⑧]，来嫁于周，曰嫔于京[⑨]。乃及王季[⑩]，维德之行[⑪]。大任有身[⑫]，生此文王[⑬]。

维此文王，小心翼翼[⑭]。昭事上帝[⑮]，聿怀多福[⑯]。厥德不回[⑰]，以受方国[⑱]。

天监在下[⑲]，有命既集。文王初载[⑳]，天作之合[㉑]。在洽之阳[㉒]，在渭之涘[㉓]。

文王嘉止[㉔]，大邦有子[㉕]。大邦有子，伣天之妹[㉖]。文定厥祥[㉗]，亲迎于渭。造舟为梁[㉘]，不显其光[㉙]。

有命自天，命此文王，于周于京，缵女维莘[㉚]，长子维行[㉛]，笃生武王[㉜]。保右命尔[㉝]，燮伐大商[㉞]。

殷商之旅，其会如林[㉟]。矢于牧野[㊱]，维予侯兴[㊲]。上帝临女[㊳]，无贰尔心[㊴]！

牧野洋洋，檀车煌煌[㊵]。驷騵彭彭[㊶]。维师尚父[㊷]，时维鹰扬[㊸]。凉彼武王[㊹]，肆伐大商[㊺]，会朝清明[㊻]。

注释

①明明：光彩夺目的样子，此处指明显的恩德。在下：指人间。

《大明》是一首用来在大型宴会上演唱的雅歌。它主要的目的是为当时周朝的大贵族们歌颂自己祖先的功德和功绩。

②赫赫：明亮显著的样子，此处指煊赫的神灵。在上：指天上。

③忱：信任。斯：句末助词。

④不易维王：不易做的是治天下王。

⑤适：通“嫡”，嫡子。

⑥挟：控制、占有。四方：天下。

⑦挚仲氏任：挚国的次女姓任，叫太任。

⑧自：来自。

⑨嫔：妇，指做媳妇。京：周朝都城。

⑩乃：就。

⑪维德之行：犹曰“维德是行”，只做有德行的事情。

⑫大：同“太”。有身：有孕。

⑬文王：姬昌，殷纣时为西伯（西方诸侯），又称西伯昌，为周武王姬发之父，父子共举灭纣大业。

⑭翼翼：恭敬谨慎的样子。

⑮昭：勤勉。事：侍奉。

⑯怀：徕，招来。

⑰厥：犹“其”，他、他的。回：违背。

⑱受：承受、享有。方：大。

⑲监：明察。在下：指文王的德业。

⑳初载：初始。

㉑作：成。合：婚配。

㉒洽（hé）：水名，源出陕西郃阳县北。阳：河北面。

㉓渭：渭水，经陕西。涘（sì）：水边。

㉔嘉：嘉礼，指婚礼。

㉕子：未嫁的女子。

㉖伣（qiàn）：如，好比。天之妹：天上的美女。

㉗文：占卜的文辞。

㉘梁：桥。此指连船为浮桥，以便渡渭水迎亲。

㉙不：通“丕”，大。光：荣光，荣耀。

㉚缵：续。莘：国名。

㉛长子：指伯邑考。行：离去，指死亡。

㉜笃：发语词。

㉝保右：“保佑”。命：命令。

㉞燮：协同，协和。

㉟会：通“旝”，军旗。

㊱矢：陈列。

㊲侯：乃、才。兴：兴盛、胜利。

㊳临：监临。女：同“汝”，指周武王率领的将士。

㊴无：同“勿”。贰：同“二”。

㊵檀车：用檀木造的兵车。

㊶驷騵（yuán）：四匹赤毛白腹的驾辕骏马。彭彭：强壮有力的样子。

㊷师尚父：太师吕望，即姜太公。

㊸鹰扬：如雄鹰飞扬，言其奋发勇猛。

㊹凉：辅佐。

㊺肆：疾。

㊻会朝：会合朝天。

绵

绵绵瓜瓞[①]，民之初生，自土沮漆[②]。古公亶父，陶复陶穴[③]，未有家室。

古公亶父，来朝走马，率西水浒[④]，至于岐下。爰及姜女，聿来胥宇[⑤]。

周原膴膴[⑥]，堇荼如饴[⑦]。爰始爰谋，爰契我龟[⑧]。曰止曰时[⑨]，筑室于兹。

乃慰迺止[⑩]，乃左乃右，乃疆乃理[⑪]，乃宣乃亩[⑫]。自西徂东[⑬]，周爰执事[⑭]。

乃召司空[⑮]，乃召司徒[⑯]，俾立室家。其绳则直，缩版以载[⑰]，作庙翼翼[⑱]。

捄之陾陾[⑲]，度之薨薨[⑳]，筑之登登，削屡冯冯[㉑]。百堵皆兴，鼛鼓弗胜[㉒]。

乃立皋门[㉓]，皋门有伉[㉔]。乃立应门[㉕]，应门将将[㉖]。乃立冢土[㉗]，戎丑攸行[㉘]。

肆不殄厥愠[㉙]，亦不陨厥问。柞棫拔矣[㉚]，行道兑矣[㉛]，混夷駾矣[㉜]，维其喙矣[㉝]。

虞芮质厥成[㉞]，文王蹶厥生[㉟]。予曰有疏附[㊱]，予曰有先后[㊲]，予曰有奔奏[㊳]，予曰有御侮。

全诗有时以时间为中心，有时以地点为中心进行描写，将情景相结合，充满了浓郁的生活气息。

注释

①绵绵：长而不断绝。瓞（dié）：小瓜。

②土：通“杜”，水名。沮漆：古二水名，均在今陕西省境内。

③陶复陶穴：挖土为室，旁穿为复，指在地上挖洞；直穿为穴，地下挖洞。

④率：沿着。

⑤聿（yù）：发语词。胥：视察。宇：住地。

⑥朊（wǔ）朊：肥美。

⑦堇（jǐn）：堇葵。荼（tú）：苦菜。饴：麦芽糖。

⑧契：指刻龟甲占卜。

⑨曰：语助词。时：居住。

⑩慰：慰劳。

⑪疆：划分疆界。理：治理土地。

⑫宣：疏通沟渠。亩：整治田垄。

⑬徂：往，去。

⑭周：遍。

⑮司空：管土地的官。

⑯司徒：管徒役的官。

⑰缩：捆绑。

⑱翼翼：整齐。

⑲捄（jiū）：盛土于筐。陾（réng）陾：众多貌。

⑳度：填土于筑板内。薨（hōng）薨：人众多。

㉑屡：通“偻”，土墙隆起的部分。冯（píng）冯：削平墙面的声音。

㉒鼛（gāo）：大鼓。弗胜：指鼓声盖不过人声。

㉓皋门：王都的郭门。

㉔伉：高大貌。

㉕应门：王宫的正门。

㉖将将：庄严雄伟的样子。

㉗冢土：大社，祭祀社神的地方。

㉘戎：北方的游牧民族。丑：对边远民族的蔑称。行：去。

㉙肆：于是。殄（tiǎn）：断绝。

㉚柞：树名。棫（yù）：白桵，与柞皆从生灌木。

㉛兑：通畅。

㉜混夷：西戎名。駾（tuì）：突逃。

㉝喙（huì）：疲劳困倦。

㉞虞：古国名。芮：古国名。成：平。

㉟蹶（guì）：感动。生：通“性”，善良之本性。

㊱疏附：指能使疏者亲之臣。

㊲先后：指君王前后辅佐之臣。

㊳奔奏：指四方奔走宣扬君德之臣。

棫朴

芃芃棫朴[①]，薪之槱之[②]。济济辟王[③]，左右趣之[④]。
济济辟王，左右奉璋[⑤]。奉璋峨峨[⑥]，髦士攸宜[⑦]。
淠彼泾舟[⑧]，烝徒楫之[⑨]。周王于迈[⑩]，六师及之[⑪]。
倬彼云汉[⑫]，为章于天[⑬]。周王寿考[⑭]，遐不作人[⑮]。
追琢其章[⑯]，金玉其相[⑰]。勉勉我王[⑱]，纲纪四方[⑲]。

注释

①芃（péng）芃：植物茂盛貌。棫（yù）：白桵。朴：丛生之木。

②槱（yǒu）：聚积木柴以备燃烧。

③济济：庄敬貌。辟王：君王。

④趣（qū）：趋向，归向。

⑤奉：通“捧”。璋：祭祀时盛酒的玉器。

⑥峨峨：庄严的样子。

⑦髦士：俊士，优秀之士。宜：适合。

⑧淠（pì）：船行貌。泾：泾河。

⑨烝徒：众人。楫之：举桨划船。

⑩于迈：于征，出征。

⑪师：军队，二千五百人为一师。

⑫倬（zhuō）：广大。云汉：银河。

⑬章：文章，文采。

《棫朴》是一篇赞美周王的诗。全诗共有五章，每章有四句。

⑭寿考：长寿。

⑮遐：通“何”。作人：培育、造就人。

⑯追琢：雕琢。

⑰相：内质，质地。

⑱勉勉：勤勉不已。

⑲纲纪：治理，管理。

旱麓

瞻彼旱麓[①]，榛楛济济[②]。岂弟君子[③]，干禄岂弟[④]。
瑟彼玉瓒[⑤]，黄流在中[⑥]。岂弟君子，福禄攸降[⑦]。
鸢飞戾天[⑧]，鱼跃于渊。岂弟君子，遐不作人[⑨]？
清酒既载，骍牡既备[⑩]，以享以祀，以介景福[⑪]。
瑟彼柞棫[⑫]，民所燎矣[⑬]。岂弟君子，神所劳矣[⑭]。
莫莫葛藟[⑮]，施于条枚[⑯]。岂弟君子，求福不回[⑰]。

注释

①旱麓：旱山山脚。旱，山名，据考证在今陕西省南郑县附近。

②榛楛（hù）：两种灌木名。济济：众多的样子。

③岂弟（kǎi tì）：“恺悌”，和乐平易。君子：指周文王。

④干：求。

⑤瑟：光色鲜明的样子。玉瓒：圭瓒，天子祭祀时用的酒器。

⑥黄流：酿秬黍为酒，以郁金草为色，故称黄流，用于祭祀。

⑦福禄攸降：福禄来得丰降。

⑧鸢（yuān）：鸟名，即老鹰。戾（lì）：到，至。

⑨遐：通“胡”，何。作：培养。

⑩骍牡：红色的公牛。

⑪介：求。景：大。

⑫瑟：茂密的样子。

《旱麓》是一首在大型宴会上唱的雅歌，它主要是用来赞颂君子祭神得福的，在反复颂扬的同时，对供酒献牛的祭祀仪式也作了一些描述。

⑬燎：焚烧，此指燔柴祭天。

⑭劳：慰劳，或释为保佑。

⑮莫莫：茂盛的样子。葛藟（lěi）：葛藤。

⑯施（yì）：伸展绵延。条枚：树枝和树干。

⑰回：奸回，邪僻。

思齐

思齐大任①，文王之母。思媚周姜②，京室之妇③。大姒嗣徽音④，则百斯男⑤。

惠于宗公⑥，神罔时怨⑦，神罔时恫⑧。刑于寡妻⑨，至于兄弟，以御于家邦⑩。

雝雝在宫⑪，肃肃在庙⑫。不显亦临⑬，无射亦保⑭。

肆戎疾不殄⑮，烈假不瑕⑯。不闻亦式⑰，不谏亦入⑱。

肆成人有德，小子有造⑲。古之人无斁⑳，誉髦斯士㉑。

注释

①思：发语词，无义。齐（zhāi）：端庄貌。大任：太任，王季之妻，文王之母。

②媚：爱慕。周姜：太姜。古公亶父之妻，王季之母，文王之祖母。

③京室：王室。

④大姒：太姒，文王之妻。嗣：继承。徽音：美誉。

⑤百斯男：众多男儿。

⑥惠：孝敬，顺从。宗公：宗庙里的先公，即祖先。

⑦神：此处指祖先之神。罔：无。

⑧恫（tōng）：哀痛。

⑨刑：同“型”，典型，典范。寡妻：嫡妻。

⑩御：治理。

《思齐》是一首在大型宴会上唱的雅歌。

⑪雝（yōng）雝：和洽貌。

⑫肃肃：恭敬貌。庙：宗庙。

⑬不显：不明，幽隐之处。临：临视。

⑭无射亦保：无射才的人也保用。

⑮肆：所以。戎疾：大病。殄：残害，灭绝。

⑯烈：光。假：大。瑕：过。

⑰式：采纳。

⑱入：接受，采纳。

⑲小子：年轻人。造：造就，培育。

⑳古之人：指文王。无斁（yì）：无厌，无倦。

㉑誉：赞誉。髦：俊，优秀。

皇矣

皇矣上帝[1]，临下有赫[2]。监观四方，求民之莫[3]。维此二国[4]，其政不获[5]。维彼四国[6]，爰究爰度[7]。上帝耆之[8]，憎其式廓[9]。乃眷西顾[10]，此维与宅[11]。

作之屏之[12]，其菑其翳[13]。修之平之[14]，其灌其栵[15]。启之辟之[16]，其柽其椐[17]。攘之剔之[18]，其檿其柘[19]。帝迁明德[20]，串夷载路[21]。天立厥配[22]，受命既固[23]。

帝省其山[24]，柞棫斯拔[25]，松柏斯兑[26]。帝作邦作对[27]，自大伯王季[28]。维此王季，因心则友[29]。则友其兄[30]，则笃其庆[31]，载锡之光[32]。受禄无丧，奄有四方[33]。

维此王季，帝度其心，貊其德音[34]。其德克明，克明克类[35]，克长克君[36]。王此大邦[37]，克顺克比[38]。比于文王[39]，其德靡悔[40]。既受帝祉，施于孙子[41]。

帝谓文王："无然畔援[42]，无然歆羡[43]，诞先登于岸[44]。"密人不恭[45]，敢距大邦，侵阮徂共[46]。王赫斯怒[47]，爰整其旅[48]，以按徂旅[49]，以笃于周祜[50]，以对于天下[51]。

依其在京[52]，侵自阮疆。陟我高冈[53]："无矢我陵[54]，我陵我阿[55]，无饮我泉，我泉我池。"度其鲜原[56]，居岐之阳[57]，在渭之将[58]。万邦之方[59]，下民之王。

帝谓文王："予怀明德，不大声以色[60]，不长夏以

《皇矣》其主旨是歌颂文王的功业和德行。但此诗开篇从周部族第十三代古公亶父，即周太王写起，在广阔的时间跨度里浓缩了周部族的发展史和周王朝的创建史，重点塑造了太王、王季、文王等人物形象，详细描述了太王开荒、文王征伐密、崇两国的恢宏场面。

革[61]。不识不知，顺帝之则[62]。”帝谓文王：“询尔仇方[63]，同尔兄弟[64]。以尔钩援[65]，与尔临冲[66]，以伐崇墉[67]。”

临冲闲闲[68]，崇墉言言[69]，执讯连连[70]，攸馘安安[71]。是类是祃[72]，是致是附[73]，四方以无侮。临冲茀茀[74]，崇墉仡仡[75]，是伐是肆[76]，是绝是忽[77]，四方以无拂[78]。

①皇：伟大、辉煌。

②临：监视、监察。下：人间。赫：显著。

③莫：通“瘼”，灾祸、疾苦。

④二国：指夏、殷。

⑤政：政令。不获：不得民心。

⑥四国：天下四方之国。

⑦爰：于是，就。究：研究。度（duó）：思量、图谋。

⑧耆（qí）：憎恶。

⑨式：语助词。廓：大。

⑩眷：思慕、宠爱。西顾：回头向西看。

⑪此：指岐周之地。宅：安居、居住。

⑫作：通“斫”，砍伐树木。屏（bǐng）：摒弃。

⑬菑（zī）：指直立而死的树木。翳：指倒下的枯树。

⑭修：修剪。平：铲平。

⑮灌：丛生的树木。栵（lì）：被砍掉之后再次复生的枝杈。

⑯启：开辟。辟：开辟。

⑰柽（chēng）：木名，即河柳。椐（jū）：木名，俗名灵寿木。

⑱攘：排除。剔：剔除。

⑲檿（yǎn）：木名，俗名山桑。柘（zhè）：木名，俗名黄桑。

⑳帝：上帝。明德：明德之人。

㉑串夷：混夷，为西戎的一种。载：则。路：贫瘠。

㉒厥：其。配：配偶。

㉓既：而。固：坚固、稳固。

㉔省（xǐng）：察看。山：指岐山。

㉕柞（zuò）、棫（yù）：两种树名。斯：乃。拔：拔除。

㉖兑（duì）：直立。

㉗作：兴建。邦：国。作对：作配，指立君。

㉘大伯：太伯，太王长子。王季：太王三子季历，太王死后即王位，称为王季。

㉙因心：此处指王季依顺太王之心。友：友爱兄弟。

㉚友其兄：友爱他兄长。

㉛笃：厚待。庆：吉庆，福庆。

㉜载：则。锡：同“赐”。光：荣光。

㉝奄：全，广。

㉞貊（mò）：静。

㉟克：能。明：明察是非。类：分辨善恶。

㊱长：族长。君：国君。

㊲王（wàng）：称王。

㊳顺：使民顺从。比：使民依附。

㊴比于：及至。

㊵靡悔：没有悔恨。

㊶施（yì）：延续。

㊷无然畔援：不要跋扈。

㊸歆羡：犹言“觊觎”，非分的妄想。

㊹诞：发语词。先登于岸：以渡河先登上岸，喻占据有利形势。

㊺密：古国名。

㊻阮（ruǎn）：当时的周之属国，在今甘肃泾川一带。徂：往，至。共（gōng）：周之属国，在今甘肃泾川北。

㊼赫：勃然大怒的样子。斯：而。

㊽旅：军队。

㊾按：遏止。徂旅：前来侵犯阮国、共国的密国军队。

㊿笃：巩固。祜（hù）：福。

51对：安定。

52依：凭借。京：周京。

53陟：登。

54矢：陈设。此处指陈兵。

55阿：山冈。

56鲜（xiǎn）原：与大山不相连的，小山。

57阳：山的南边。

58将：旁边。

59方：准则，榜样。

60大：注重、看重。以：与。

61长：挟，依仗。夏：夏楚，刑具，木棍。革：鞭革，指皮鞭。

62顺：顺应。则：法则。

63仇方：盟国。

64兄弟：指兄弟国。

65钩援：古代攻城的兵器。

66临、冲：两种军车名。临车用以居高临下地攻城，冲车则从墙下直冲城墙。

67崇：古国名，在今陕西户县一带。墉：城墙。

68闲闲：整齐的样子。

69言言：高大的样子。

70讯：西周时对俘虏的称呼。连连：接连不断的状态。

㉑馘（guó）：将士将所杀之敌的左耳割下来。安安：安闲从容的样子。

㉒类：出征时祭祀天神以求胜利。祃（mà）：师祭，到所征之地举行的祭祀。

㉓致：送还。附：安抚。

㉔茀（fú）茀：强盛的样子。

㉕仡（yì）仡：高耸的样子。

㉖肆：杀戮。

㉗忽：灭绝。

㉘拂：违抗。

灵台

经始灵台[1]，经之营之，庶民攻之[2]，不日成之。经始勿亟[3]，庶民子来[4]。

王在灵囿[5]，麀鹿攸伏[6]；麀鹿濯濯[7]，白鸟翯翯[8]。王在灵沼[9]，於牣鱼跃[10]。

虡业维枞[11]，贲鼓维镛[12]。於论鼓钟[13]，於乐辟雍[14]。

於论鼓钟，於乐辟雍。鼍鼓逢逢[15]。矇瞍奏公[16]。

注释

①经始：开始计划营建。灵台：古台名，故址在今陕西西安西北。

②攻：建造。

③亟：同“急”。

④子来：像儿子似的一起赶来。

⑤灵囿：古代帝王畜养禽兽的园林名。

⑥麀（yōu）鹿：母鹿。

⑦濯濯：娱游。

⑧翯（hè）翯：肥泽。

⑨灵沼：池沼名。

⑩於：叹美声。牣（rèn）：满。

⑪虡（jù）：悬钟的木架。业：装在虡上的横板。枞（cōng）：崇牙，即虡上的载钉，用以悬钟。

《灵台》是一首在大型宴会上演唱的雅歌，是中国历史上较早提到园林的作品之一。它是周文王在修建灵台池沼落成后的庆功宴上唱的诗。

⑫贲：大。

⑬论：通“抡”，敲击。

⑭辟雍：水环丘如璧曰辟雍。

⑮鼍(tuó)：扬子鳄，一种爬行动物，其皮制鼓甚佳。逢逢：鼓声。

⑯矇瞍（sǒu）：古代对盲人的两种称呼。当时乐官乐工常由盲人担任。公：通“功”，奏功，成功。

下　武

下武维周[①]，世有哲王[②]。三后在天[③]，王配于京[④]。
王配于京，世德作求[⑤]。永言配命[⑥]，成王之孚[⑦]。
成王之孚，下土之式[⑧]。永言孝思[⑨]，孝思维则[⑩]。
媚兹一人[⑪]，应侯顺德[⑫]。永言孝思，昭哉嗣服[⑬]。
昭兹来许[⑭]，绳其祖武[⑮]。于万斯年[⑯]，受天之祜[⑰]。
受天之祜，四方来贺。于万斯年，不遐有佐[⑱]。

注释

①下武：在后继承。

②哲王：贤明智慧的君主。

③三后：指周的三位先祖太王、王季、文王。

④王：此指武王。配：指上应天命。

⑤求：通“逑”，匹配。

⑥言：语助词。命：天命。

⑦孚：使人信服。

⑧下土：下界土地，也就是人间。式：榜样，范式。

⑨孝思：孝顺先人之思，此系以孝代指所有的美德，举一以概之。

⑩则：法则。此谓以先王为法则。

⑪媚：爱戴。一人：指周天子。

⑫应侯顺德：应当顺从祖德。

这是一首在大型宴会上唱的雅歌，主要赞颂周朝后嗣们可以紧步先人足迹继续光大周室，也是为了告诫刚刚即位的新君，要像被赞美的周代三后以及武王、成王一样成为一代明君。

⑬昭：诏示。嗣服：继承先祖之业。

⑭来许：后进。

⑮绳：承。祖武，指祖先的德业。

⑯斯：语助词。

⑰祜（hù）：福。

⑱不遐：怎能。

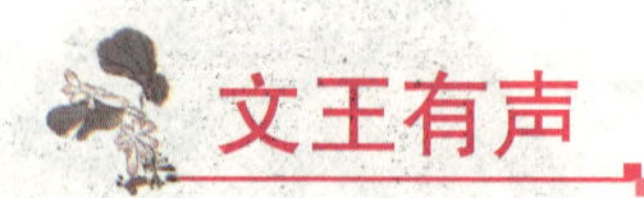

文王有声

文王有声，遹骏有声[①]，遹求厥宁。遹观厥成。文王烝哉[②]！

文王受命，有此武功；既伐于崇[③]，作邑于丰[④]。文王烝哉！

筑城伊淢[⑤]，作丰伊匹。匪棘其欲[⑥]，遹追来孝。王后烝哉[⑦]！

王公伊濯[⑧]，维丰之垣。四方攸同，王后维翰[⑨]。王后烝哉！

丰水东注，维禹之绩。四方攸同，皇王维辟[⑩]。皇王烝哉！

镐京辟雍[⑪]，自西自东，自南自北，无思不服[⑫]。皇王烝哉！

考卜维王，宅是镐京[⑬]。维龟正之，武王成之。武王烝哉！

丰水有芑[⑭]，武王岂不仕[⑮]！诒厥孙谋[⑯]，以燕翼子。武王烝哉！

注释

①遹（yù）：语气助词。

②烝（zhēng）：君道。

《文王有声》是一首在大型宴会上唱的雅歌。它主要描述了周文王伐崇城之后在丰邑建都，周武王伐商之后在镐地建都，这两次周国历史上的建都大事。

③崇：古崇国。

④丰：故地在今陕西西安沣水西岸。

⑤淢（xù）：护城河。

⑥棘：此处为“急”义。

⑦王后：第三、四章之“王后”同指周文王。

⑧公：同“功”。濯：本义是洗涤，此处指“光大”义。

⑨翰：主干。

⑩辟：君。

⑪镐：周武王建立的西周国都，故地在今陕西西安沣水以东的昆明池北岸。辟雍（bì yōng）：西周王朝所建天子行礼奏乐的离宫。

⑫无思不服：无不服。

⑬宅：用作动词，定居。

⑭芑（qǐ）：芑草。

⑮仕：指建功立业。

⑯诒厥：传授。

生民

厥初生民[1]，时维姜嫄[2]，生民如何？克禋克祀[3]，以弗无子[4]。履帝武敏歆[5]，攸介攸止[6]，载震载夙[7]，载生载育，时维后稷。

诞弥厥月[8]，先生如达[9]。不坼不副[10]，无菑无害[11]。以赫厥灵，上帝不宁[12]。不康禋祀[13]，居然生子。

诞寘之隘巷[14]，牛羊腓字之[15]。诞寘之平林[16]，会伐平林[17]。诞寘之寒冰，鸟覆翼之[18]。鸟乃去矣，后稷呱矣[19]。实覃实讦[20]，厥声载路[21]。

诞实匍匐[22]，克岐克嶷[23]，以就口食[24]。蓺之荏菽[25]，荏菽旆旆[26]，禾役穟穟[27]，麻麦幪幪[28]，瓜瓞唪唪[29]。

诞后稷之穑[30]，有相之道[31]。茀厥丰草[32]，种之黄茂[33]。实方实苞[34]，实种实褎[35]，实发实秀[36]，实坚实好[37]，实颖实栗[38]。即有邰家室[39]。

诞降嘉种[40]，维秬维秠[41]，维穈维芑[42]。恒之秬秠[43]，是获是亩[44]；恒之穈芑，是任是负[45]。以归肇祀[46]。

诞我祀如何？或舂或揄[47]，或簸或蹂[48]；释之叟叟[49]，烝之浮浮[50]；载谋载惟[51]，取萧祭脂[52]，取羝以軷[53]；载燔载烈[54]，以兴嗣岁[55]。

卬盛于豆[56]，于豆于登[57]。其香始升，上帝居歆[58]。胡臭亶时[52]。后稷肇祀，庶无罪悔，以迄于今。

注释

①初：其初。

②姜嫄（yuán）：传说中有邰氏之女，周始祖后稷之母。

③禋（yīn）：祭天的一种礼仪，先烧柴升烟，再加牲体及玉帛于柴上焚烧。

④弗：除灾求福。

⑤履：践踏。帝：上帝。武：足迹。敏歆：很欢欣。

⑥攸介攸止：肚子大了怀孕了。

⑦载震载夙（sù）：或震或夙，指十月怀胎。

⑧诞：到了。弥：满。

⑨先生：头生，第一胎。达：顺当。

⑩坼（chè）：裂开。副：（胎盘）破裂。

⑪菑（zāi）：同“灾”。

⑫宁：安宁。

⑬康：安，宁。

⑭寘（zhì）：置。

⑮腓（féi）：庇护。字：哺育，爱护。

⑯平林：森林。

⑰会：恰好遇上。

⑱鸟覆翼之：大鸟张翼覆盖他。

⑲呱：小儿哭声。

⑳覃（tán）：长。订（xū）：大。

㉑载：充满。

㉒匍匐：伏地爬行。

㉓岐：知意。嶷：识。

㉔就：趋往。

㉕蓺（yì）：同“艺”，种植。荏菽：大豆。

㉖旆（pèi）旆：长大。

㉗禾役：禾之行列。穟（suì）穟：禾穗丰盈下垂的样子。

㉘幪（měng）幪：茂密的样子。

㉙瓞（dié）：小瓜。唪（běng）唪：果实累累的样子。

㉚穑：耕种。

㉛有相之道：有相地之宜的能力。

㉜茀：拔除。

㉝种之黄茂：种的植物黄又好。

㉞方：萌芽始出地面。苞：含苞。

㉟褎（yòu）：禾苗渐渐长高。

㊱发：发茎。秀：秀穗。

㊲坚：谷粒灌浆饱满。

㊳颖：禾穗末梢下垂。栗：结实。

㊴邰：古地名，在今陕西武功县。

㊵降：赐。

㊶秬（jù）：黑黍。秠（pī）：黍的一种。

㊷穈（mén）：赤苗，红米。芑（qǐ）：白苗，白米。

㊸恒：遍种。

㊹亩：按亩来计算产量。

㊺任：挑起，抱起。负：背起。

㊻肇：开始。祀：祭祀。

㊼揄（yóu）：舀，从臼中取出舂好之米。

㊽簸：扬米去糠。蹂：以手搓余剩的谷皮。

㊾释：淘米。叟叟：淘米的声音。

㊿烝：同“蒸”。浮浮：热气上升貌。

51惟：计谋。

52萧：香蒿。脂：牛油。

53羝（dī）：公羊。軷：古代出行前祭祀路神。

这首诗是一首周人叙述其民族始祖后稷事迹的祭祀长诗，是在大型宴会上唱的雅歌。它带有非常浓重的传说色彩。

㊹燔：将肉放在火里烧炙。烈：将肉贯穿起来架在火上烤。

㊺嗣岁：来年。

㊻卬：通“昂”，我。豆：古代一种高脚容器。

㊼登：瓦制容器。

㊽居歆：指前来享受。

㊾臭：香气。亶：诚然，确实。时：善，好。

行苇

敦彼行苇[1]，牛羊勿践履。方苞方体[2]，维叶泥泥[3]。戚戚兄弟[4]，莫远具尔[5]。或肆之筵[6]，或授之几[7]。

肆筵设席，授几有缉御[8]。或献或酢[9]，洗爵奠斝[10]。醓醢以荐[11]，或燔或炙。嘉殽脾臄[12]，或歌或咢[13]。

敦弓既坚[14]，四鍭既钧[15]，舍矢既均[16]，序宾以贤[17]。敦弓既句[18]，既挟四鍭。四鍭如树[19]，序宾以不侮[20]。

曾孙维主[21]，酒醴维醹[22]，酌以大斗[23]，以祈黄耇[24]。黄耇台背[25]，以引以翼[26]。寿考维祺[27]，以介景福[28]。

注释

①敦（tuán）彼：草丛生之貌。行：道路边。

②方苞：始含苞。体：成形。

③泥泥：叶润泽貌。

④戚戚：亲善。

⑤远：疏远。尔："迩"，近。

⑥肆：陈设。筵：竹席。

⑦几：矮脚的桌案。

⑧缉御：相继有人侍候。缉，继续。

⑨献：主人对客敬酒。酢：客人拿酒回敬。

⑩洗爵：周时礼制，主人敬酒，取几上之杯先洗一下，再斟酒献客，

客人回敬主人，也是如此操作。奠斝（jiǎ）：周时礼制，主人敬的酒客人饮毕，则置杯于几上；客人回敬主人，主人饮毕也须这样做。

⑪醓（tǎn）：多汁的肉酱。醢（hǎi）：肉酱。荐：进献。

⑫脾：通“膍”，牛胃，俗称牛百叶。臄（jué）：牛舌。

⑬咢（è）：只打鼓不伴唱。

⑭敦弓：雕弓。

⑮鍭（hóu）：一种箭，金属箭头，鸟羽箭尾。钧：均中的。

⑯舍矢：放箭。均：射中。

⑰序宾：安排宾客在宴席上的座位次序。贤：此指射技的高低。

⑱敦弓既句：雕弓既是都引满。

⑲树：指箭射在靶子上像树立着一样。

⑳侮：轻侮，怠慢。

㉑曾孙：此指宴会的主人。

㉒醴（lǐ）：甜酒。醹（rú）：酒味醇厚。

㉓斗：古酒器。

㉔黄耇（gǒu）：年高长寿。

㉕台背：或谓背有老斑如鲐鱼，或谓背驼，总之都是老态龙钟的样子。

㉖引：牵引，此指搀扶。翼：扶持帮助。

㉗寿考：长寿。祺：吉祥。

㉘介：乞求。景福：大福。

既醉

既醉以酒，既饱以德。君子万年，介尔景福[①]。
既醉以酒，尔肴既将[②]。君子万年，介尔昭明[③]。
昭明有融[④]，高朗令终[⑤]。令终有俶[⑥]，公尸嘉告[⑦]。
其告维何？笾豆静嘉[⑧]。朋友攸摄[⑨]，摄以威仪。
威仪孔时[⑩]，君子有孝子。孝子不匮[⑪]，永锡尔类[⑫]。
其类维何？室家之壸[⑬]。君子万年，永锡祚胤[⑭]。
其胤维何？天被尔禄[⑮]。君子万年，景命有仆[⑯]。
其仆维何？釐尔女士[⑰]。釐尔女士，从以孙子[⑱]。

注释

①介尔景福：上天赐你大福。

②将：精美。

③昭明：光明。

④有融：融融，盛长之貌。

⑤令终：好的结果。

⑥俶（chù）：始。

⑦公尸：古代祭祀时以人装扮成祖先接受祭祀，这人就称“尸”，祖先为君主诸侯，则称“公尸”。嘉告：好话，指祭祀时祝官代表尸为主祭者致嘏词（赐福之词）。

⑧笾（biān）豆：两种古代食器、礼器。静嘉：洁美又得宜。

《既醉》说明了这样一个道理：要爱护自己的双亲和其他亲人，尊重自己的双亲和其他亲人，每个人都要心有善念，行善事。君主更需如此，要关爱天下苍生，实行仁政，只有这样才能国泰民安，保证江山永固、天下太平。

⑨攸摄：所助，所辅。

⑩孔时：很适时。

⑪匮（kuì）：穷乏。

⑫锡：同“赐”。类：法子，法程。

⑬壸（kǔn）：宫中之道，引申为广。

⑭祚（zuò）：福。胤（yìn）：后嗣。

⑮被：加，给。

⑯景命：大命，天命。仆：附。

⑰釐（lí）：赐。

⑱从以：随之以。

凫 鹥

凫鹥在泾[1]，公尸在燕来宁[2]。尔酒既清，尔肴既馨。公尸燕饮，福禄来成。

凫鹥在沙，公尸来燕来宜[3]。尔酒既多，尔肴既嘉。公尸燕饮，福禄来为[4]。

凫鹥在渚[5]，公尸来燕来处[6]。尔酒既湑[7]，尔肴既脯[8]。公尸燕饮，福禄来下。

凫鹥在潨[9]，公尸来燕来宗[10]。既燕于宗[11]，福禄攸降。公尸燕饮，福禄来崇[12]。

凫鹥在亹[13]，公尸来止熏熏[14]。旨酒欣欣[15]，燔炙芬芬。公尸燕饮，无有后艰。

注释

①凫（fú）：野鸭。鹥（yī）：鸥鸟。泾：泾水。

②燕：宴。

③宜：相宜。

④为：相助。

⑤渚（zhǔ）：河流湖泊中的沙洲。

⑥处：安处。

⑦湑：过滤。

⑧脯：干肉。

《凫鹥》有一种和乐融融的氛围，“公尸”尽心尽力地为了祈福和祈求神灵降福而努力，而主人们则用清酒馨肴来作为回报。

⑨潨（cóng）：水流汇合之处。

⑩宗：尊敬。

⑪宗：宗庙，祭祀祖先的庙。

⑫崇：增加。

⑬亹（mén）：对峙如门的山峡口。

⑭熏熏：同“醺醺”，香味四传。

⑮旨：甘美。

假乐

假乐君子[1]，显显令德[2]。宜民宜人，受禄于天。保右命之[3]，自天申之。

干禄百福[4]，子孙千亿。穆穆皇皇[5]，宜君宜王。不愆不忘[6]，率由旧章[7]。

威仪抑抑[8]，德音秩秩[9]。无怨无恶，率由群匹[10]。受福无疆，四方之纲。

之纲之纪，燕及朋友[11]。百辟卿士[12]，媚于天子[13]。不解于位[14]，民之攸塈[15]。

注释

①假：通“嘉”，美好。君子：指成王。

②令德：美德。

③右：通“佑”。

④干：求。

⑤穆穆：肃敬。皇皇：光明。

⑥愆（qiān）：过失。

⑦率：循。由：从。

⑧抑抑：庄美的样子。

⑨秩秩：有条不紊的样子。

自古以来，君主都掌握着生杀大权，“伴君如伴虎”是每个大臣都熟悉的一句话。作为一名良臣，劝诫君王是他责任，但是，忠言不一定必须逆耳，如何劝谏方能取得最好的效果才是最重要的。

⑩群匹：众臣。

⑪燕：通“宴”。

⑫百辟（bì）：众诸侯。

⑬媚：爱。

⑭解：通“懈”，怠慢。

⑮塈（jì）：安宁。

公 刘

笃公刘[1]，匪居匪康[2]。乃埸乃疆[3]，乃积乃仓[4]；乃裹糇粮[5]。于橐于囊[6]，思辑用光[7]。弓矢斯张[8]，干戈戚扬[9]，爰方启行。

笃公刘，于胥斯原[10]。既庶既繁[11]，既顺乃宣[12]，而无永叹。陟则在巘[13]，复降在原。何以舟之[14]？维玉及瑶，鞞琫容刀[15]。

笃公刘，逝彼百泉[16]，瞻彼溥原[17]；乃陟南冈，乃觏于京[18]。京师之野[19]，于时处处[20]，于时庐旅[21]，于时言言，于时语语。

笃公刘，于京斯依，跄跄济济[22]，俾筵俾几[23]。既登乃依，乃造其曹[24]，执豕于牢[25]，酌之用匏[26]。食之饮之，君之宗之[27]。

笃公刘，既溥既长，既景乃冈[28]，相其阴阳[29]，观其流泉；其君三单[30]；度其隰原[31]，彻田为粮[32]，度其夕阳[33]，豳居允荒[34]。

笃公刘，于豳斯馆。涉渭为乱[35]，取厉取锻[36]。止基乃理[37]，爰众爰有[38]。夹其皇涧[39]，遡其过涧[40]。止旅迺密[41]，芮鞫之即[42]。

公刘是一位颇具前瞻性眼光的部落之长，他不满于当前的领地，为了谋求更好的发展而率族迁往豳地。这首诗便是通过对公刘迁豳的历史壮举的描写，颂扬了公刘的才识和胆略，以及受万民拥戴的光辉形象。

注释

①笃：诚实、忠厚。

②匪：不。居：安。康：宁。

③乃：于是。埸（yì）：田界。

④积：露天堆粮之处。仓：仓库。

⑤糇粮：干粮。

⑥于橐（tuó）于囊：指装入口袋。小曰橐，大曰囊。

⑦思辑：和睦团结。用光：以为荣光。

⑧斯：发语词。张：张罗、准备。

⑨干：盾牌。戚：斧。扬：大斧。

⑩胥：视察。斯原：这里的原野。

⑪庶、繁：人口众多。

⑫顺：民心归顺。宣：舒畅。

⑬陟：攀登。巘（yǎn）：小山。

⑭舟：佩带。

⑮鞞（bǐng）：刀鞘。琫（běng）：刀鞘口上的装饰物。

⑯逝：往。

⑰溥（pǔ）：广阔。

⑱觏（gòu）：察看。京：京丘。

⑲京师：众人居住之高山，后世将国都称作“京师”。

⑳于时：于是。处处：居住。

㉑庐旅：“旅旅”，寄居。此处指官室馆舍。

㉒跄跄：形容走路有节奏。济济：从容端庄。

㉓俾：使。筵：铺在地上坐的席子。几：放在席子上的小桌。

㉔造：通“祰”，指告祭。曹：通“禮”，祭猪神。

㉕牢：猪圈。

㉖酌之：指斟酒。匏（páo）：葫芦，此处指剖成的瓢。

㉗君之：当君长。宗之：当族长。

㉘景：通“影”，根据日影来丈量。冈：山冈。

㉙相：视察。阴阳，指山之南北。南曰阳，北曰阴。

㉚三单（shàn）：轮流值班。

㉛度：测量。隰（xí）原：低平之地。

㉜彻：开发，治理。

㉝夕阳：山的西面。

㉞允荒：确实广大。

㉟渭：渭水。乱：横渡。

㊱厉：通“砺”，磨刀石。锻：打铁，此处指打铁用的石锤。

㊲止：居。基：定。乃理：治理田野。

㊳爰众爰有：人多且富有。

㊴皇涧：豳地水名。

㊵过涧：水名。

㊶止旅迺密：指前来定居的人口日渐稠密。

㊷芮（ruì）：水涯。鞫：水曲。

洞酌

洞酌彼行潦[1]，挹彼注兹[2]，可以餴饎[3]。岂弟君子[4]，民之父母。

洞酌彼行潦，挹彼注兹，可以濯罍[5]。岂弟君子，民之攸归[6]。

洞酌彼行潦，挹彼注兹，可以濯溉[7]。岂弟君子，民之攸塈[8]。

注释

①洞（jiǒng）：远。行潦（lǎo）：路边的积水。

②挹（yì）：舀出。注：灌入。

③餴（fēn）：蒸饭。饎（chì）：酒食。

④岂弟（kǎi tì）："恺悌"，本义为和乐平易，在此特训为恩德深长广大之意。

⑤罍（léi）：古酒器，似壶而大。

⑥攸：所。归：归附。

⑦溉：通"概"，一种盛酒漆器。

⑧塈（jì）：休息。

这首诗描述了一幅宴会上人们大碗喝酒的场景。

卷 阿

有卷者阿[①]，飘风自南[②]。岂弟君子[③]，来游来歌，以矢其音[④]。

伴奂尔游矣[⑤]，优游尔休矣[⑥]。岂弟君子，俾尔弥尔性[⑦]，似先公酋矣[⑧]。

尔土宇昄章[⑨]，亦孔之厚矣[⑩]。岂弟君子，俾尔弥尔性，百神尔主矣[⑪]。

尔受命长矣，茀禄尔康矣[⑫]。岂弟君子，俾尔弥尔性，纯嘏尔常矣[⑬]。

有冯有翼[⑭]，有孝有德。以引以翼[⑮]。岂弟君子，四方为则[⑯]。

颙颙卬卬[⑰]，如圭如璋[⑱]，令闻令望[⑲]。岂弟君子，四方为纲。

凤凰于飞，翙翙其羽[⑳]，亦集爰止[㉑]。蔼蔼王多吉士[㉒]，维君子使，媚于天子[㉓]。

凤凰于飞，翙翙其羽，亦傅于天[㉔]。蔼蔼王多吉人，维君子命，媚于庶人。

凤凰鸣矣，于彼高冈。梧桐生矣，于彼朝阳[㉕]。菶菶萋萋[㉖]，雝雝喈喈[㉗]。

君子之车，既庶且多[㉘]。君子之马，既闲且驰[㉙]。矢

这是一首记叙周成王出游，并对其歌功颂德的诗。诗的作者应是当时伴游的臣子之一。

诗不多[30]，维以遂歌。

注释

①卷（quán）：卷曲。阿：大土山。

②飘风：旋风。

③岂弟（kǎi tì）：“恺悌”，和气、平易近人。

④矢：陈述。

⑤伴奂：无拘无束之貌。

⑥优游：悠然自得。

⑦俾：使。尔：指周天子。弥：终，尽。性：寿命。

⑧似：同“嗣”，继承。酋：久。

⑨昄（bǎn）章：版图。

⑩孔：很。

⑪尔：你。

⑫茀：小福。

⑬纯嘏（gǔ）：大福。

⑭冯（píng）：依靠。翼：庇护。

⑮引：引导。

⑯则：标准。

⑰颙（yóng）颙：庄重恭敬。卬（áng）卬：器宇轩昂的样子。

⑱圭：古代玉制礼器，长条形，上端尖。璋：也是古代玉制礼器，长条形，上端作斜锐角。

⑲令：美好。闻：声誉。

⑳翙（huì）翙：鸟展翅振动发出的声音。

㉑爰：而。

㉒蔼蔼：众多。吉士：贤良之士。

㉓媚：爱戴。

㉔傅：至。

㉕朝阳：指山的东面。

㉖菶（běng）菶：草木茂盛。

㉗雝（yōng）雝喈（jiē）喈：鸟鸣声。

㉘庶：众。

㉙闲：娴熟。

㉚不：通"丕"，大。

民　劳

民亦劳止[1]，汔可小康[2]。惠此中国[3]，以绥四方[4]。无纵诡随[5]，以谨无良[6]。式遏寇虐[7]，憯不畏明[8]。柔远能迩[9]，以定我王。

民亦劳止，汔可小休。惠此中国，以为民逑[10]。无纵诡随，以谨惛怓[11]。式遏寇虐，无俾民忧。无弃尔劳[12]，以为王休[13]。

民亦劳止，汔可小息。惠此京师，以绥四国。无纵诡随，以谨罔极[14]。式遏寇虐，无俾作慝[15]。敬慎威仪，以近有德。

民亦劳止，汔可小愒[16]。惠此中国，俾民忧泄。无纵诡随，以谨丑厉[17]。式遏寇虐，无俾正败[18]。戎虽小子[19]，而式弘大[20]。

民亦劳止，汔可小安。惠此中国，国无有残。无纵诡随，以谨缱绻[21]。式遏寇虐，无俾正反[22]。王欲玉女[23]，是用大谏[24]。

注释

①止：语气助词。

②汔（qì）：求得。康：安康，安居。

③惠：爱。中国：周王朝直接统治的地区，也就是“王畿”，

相对于四方诸侯国而言。

④绥：安。

⑤纵：放纵。诡随：诡诈欺骗。

⑥谨：指谨慎提防。

⑦式：发语词。寇虐：残害掠夺。

⑧憯（cǎn）：曾，乃。

⑨柔：爱抚。能：亲善。

⑩逑：聚合。

⑪惛怓（hūn náo）：喧嚷争吵。

⑫尔：指在位者。劳：劳绩，功劳。

⑬休：美，此指利益。

⑭罔极：没有准则，没有法纪。

⑮慝（tè）：恶。

⑯愒（qì）：休息。

⑰丑厉：恶人。

⑱无俾正败：无使正道败坏。

⑲戎：你，指在位者。小子：年轻人。

⑳式：作用。

㉑缱绻（qiǎn quǎn）：固结不解，指统治者内部纠纷。

㉒正反：政治颠倒。

㉓玉女（rǔ）：成就你。

㉔是用：是以，因此。

板

上帝板板[1]，下民卒瘅[2]。出话不然[3]，为犹不远[4]。靡圣管管[5]，不实于亶[6]。犹之未远，是用大谏[7]。

天之方难，无然宪宪[8]。天之方蹶[9]，无然泄泄[10]。辞之辑矣[11]，民之洽矣[12]。辞之怿矣[13]，民之莫矣[14]。

我虽异事，及尔同僚[15]。我即尔谋，听我嚣嚣[16]。我言维服[17]，勿以为笑。先民有言，询于刍荛[18]。

天之方虐，无然谑谑[19]。老夫灌灌[20]，小子跻跻[21]。匪我言耄[22]，尔用忧谑。多将熇熇[23]，不可救药。

天之方恹[24]，无为夸毗[25]。威仪卒迷[26]，善人载尸[27]。民之方殿屎[28]，则莫我敢葵[29]。丧乱蔑资[30]，曾莫惠我师[31]。

天之牖民[32]，如埙如篪[33]，如璋如圭[34]，如取如携。携无曰益[35]，牖民孔易。民之多辟[36]，无自立辟[37]。

价人维藩[38]，大师维垣[39]。大邦维屏[40]，大宗维翰[41]，怀德维宁，宗子维城[42]。无俾城坏，无独斯畏。

敬天之怒，无敢戏豫[43]。敬天之渝[44]，无敢驰驱[45]。昊天曰明[46]，及尔出王[47]。昊天曰旦，及尔游衍[48]。

注释

①板板：反，指违背常道。

②卒瘅（dàn）：劳累多病。

③不然：不对，不合理。

④犹：谋划。

⑤靡圣：不把圣贤放在眼里。管管：任意放纵。

⑥亶（dǎn）：诚信。

⑦大谏：郑重劝诫。

⑧无然：不要这样。宪宪：欢欣喜悦的样子。

⑨蹶：动乱。

⑩泄泄：妄加议论。

⑪辞：指政令。辑：调和。

⑫洽：融洽，和睦。

⑬怿：通“殬”，败坏。

⑭莫：通“瘼”，疾苦。

⑮及：与。同僚：同事。

⑯嚣（áo）嚣：同“敖敖”，不接受意见的样子。

⑰维：是。服：事。

⑱询：征求、请教。刍荛（ráo）：割草打柴的人。

⑲谑谑：嬉笑的样子。

⑳灌灌：诚恳的样子。

㉑跻（jué）跻：傲慢的样子。

㉒匪：非，不要。耄：八十九十曰耄，此指昏聩。

㉓熇（hè）熇：火势炽烈的样子，此指一发而不可收。

㉔㤽（qí）：愤怒。

㉕夸毗：卑躬屈膝、谄媚曲从。

㉖威仪：指君臣间的礼节。卒：尽。迷：混乱。

㉗尸：祭祀时由人扮成的神尸，终祭不言。

㉘殿屎（xī）：呻吟也。

㉙葵：通“揆”，猜测。

㉚蔑：无。资：财产。

㉛惠：施恩。师：此指民众。

㉜牖：通“诱”，诱导。

㉝埙（xūn）：陶制吹奏乐器。篪（chí）：古竹制管乐器。

㉞如璋如圭：半圭曰璋，合璋叫圭，指相配合。

㉟益：通“隘”，阻碍。

㊱辟：通“僻”，邪僻。

㊲立辟：制定法律。

㊳价人：武人。维：是。藩：篱笆。

㊴大师：太师。垣：墙。

㊵大邦：指诸侯大国。屏：屏障。

㊶大宗：指与周王同姓的宗族。翰：骨干，栋梁。

㊷宗子：周王的嫡子。

㊸戏豫：游戏娱乐。

㊹渝：改变。

㊺驰驱：指任意放纵。

据《毛诗序》记载，《板》就是凡伯“刺厉王”之作。

㊻昊天：上天。明：光明。

㊼王：往。

㊽游衍：游荡。

荡

荡荡上帝[1]，下民之辟[2]。疾威上帝[3]，其命多辟[4]。天生烝民[5]，其命匪谌[6]。靡不有初，鲜克有终[7]。

文王曰咨[8]，咨女殷商[9]！曾是强御[10]，曾是掊克[11]，曾是在位，曾是在服[12]。天降滔德[13]，女兴是力[14]。

文王曰咨，咨女殷商！而秉义类[15]，强御多怼[16]。流言以对，寇攘式内[17]。侯作侯祝[18]，靡届靡究[19]。

文王曰咨，咨女殷商！女炰烋于中国[20]，敛怨以为德。不明尔德，时无背无侧[21]。尔德不明，以无陪无卿[22]。

文王曰咨，咨女殷商！天不湎尔以酒[23]，不义从式[24]。既愆尔止[25]，靡明靡晦。式号式呼[26]，俾昼作夜。

文王曰咨，咨女殷商！如蜩如螗[27]，如沸如羹。小大近丧[28]，人尚乎由行[29]。内奰于中国[30]，覃及鬼方[31]。

文王曰咨，咨女殷商！匪上帝不时[32]，殷不用旧。虽无老成人，尚有典刑[33]。曾是莫听，大命以倾。

文王曰咨，咨女殷商！人亦有言，颠沛之揭[34]，枝叶未有害，本实先拨[35]。殷鉴不远，在夏后之世[36]。

注释

①荡荡：放荡不守法制的样子。

诗人通过“颠沛之揭，枝叶未有害，本实先拨”来告诉历王，现在亡羊补牢还来得及，千万不要等到大祸临头才知道后悔。遗憾的是，诗人言辞恳切的劝解没有引起周厉王的重视。

②辟（bì）：君王。

③疾威：暴虐。

④辟：邪僻。

⑤烝：众。

⑥谌（chén）：诚信。

⑦鲜（xiǎn）：少。克：能。

⑧咨：感叹声。

⑨女（rǔ）：汝。

⑩曾：乃。强御：强横凶暴。

⑪掊（póu）克：聚敛，搜刮。

⑫在服：在职。
⑬滔：放纵不法。
⑭兴：助长。力：勤，努力。
⑮而：尔，你。秉：执持。义类：善类，此指强族。
⑯怼（duì）：怨恨。
⑰寇攘：像盗寇一样掠取。式内：在朝廷内。
⑱侯：于是。作、祝：诅咒。
⑲届究：穷，尽。
⑳炰烋（páo xiāo）：同“咆哮”。
㉑无背无侧：不知有人背叛、反侧。
㉒无陪无卿：无陪臣无卿相。
㉓湎（miǎn）：沉湎，沉迷。
㉔不义从式：不放纵你们。
㉕愆：过错。止：容止。
㉖式：语助词。
㉗蜩（tiáo）：蝉。螗：一种蝉。
㉘丧：败亡。
㉙由行：学老样。
㉚奰（bì）：愤怒。
㉛覃：延及。鬼方：指远方。
㉜时：善。
㉝典刑：指旧的典章法规。
㉞颠沛：跌仆，此指树木倒下。揭：举，此指树根翻出。
㉟本：根。拨：败。
㊱后：君主。

抑

抑抑威仪[1]，维德之隅[2]。人亦有言，靡哲不愚。庶人之愚，亦职维疾[3]。哲人之愚，亦维斯戾[4]。

无竞维人[5]，四方其训之[6]。有觉德行[7]，四国顺之。讦谟定命[8]，远犹辰告[9]。敬慎威仪，维民之则。

其在于今，兴迷乱于政；颠覆厥德，荒湛于酒[10]。女虽湛乐从[11]，弗念厥绍[12]。罔傅求先王[13]，克共明刑[14]。

肆皇天弗尚[15]，如彼泉流，无沦胥以亡[16]。夙兴夜寐，洒扫廷内，维民之章[17]。修尔车马，弓矢戎兵[18]，用戒戎作[19]，用逷蛮方[20]。

质尔人民[21]，谨尔侯度[22]，用戒不虞[23]。慎尔出话，敬尔威仪，无不柔嘉。白圭之玷，尚可磨也；斯言之玷，不可为也。

无易由言[24]，无曰苟矣，莫扪朕舌[25]，言不可逝矣[26]。无言不雠[27]，无德不报。惠于朋友，庶民小子。子孙绳绳[28]，万民靡不承[29]。

视尔友君子[30]，辑柔尔颜[31]，不遐有愆[32]。相在尔室[33]，尚不愧于屋漏[34]。无曰不显，莫予云觏[35]，神之格思[36]，不可度思[37]，矧可射思[38]。

辟尔为德[39]，俾臧俾嘉。淑慎尔止[40]，不愆于仪。

不僭不贼[41]，鲜不为则[42]。投我以桃，报之以李。彼童而角[43]，实虹小子[44]。

荏染柔木[45]，言缗之丝[46]。温温恭人，维德之基。其维哲人，告之话言[47]，顺德之行。其维愚人，覆谓我僭，民各有心。

於乎小子[48]，未知臧否[49]。匪手携之[50]，言示之事[51]。匪面命之[52]，言提其耳。借曰未知[53]，亦既抱子。民之靡盈[54]，谁夙知而莫成[55]？

昊天孔昭，我生靡乐。视尔梦梦[56]，我心惨惨。诲尔谆谆，听我藐藐[57]。匪用为教，覆用为虐[58]。借曰未知，亦聿既耄[59]。

於乎小子，告尔旧止。听用我谋，庶无大悔[60]。天方艰难，曰丧厥国[61]。取譬不远，昊天不忒[62]。回遹其德[63]，俾民大棘[64]。

注释

①抑抑：慎密。

②隅：屋角，借指品行方正。

③职：主。

④戾：罪。

⑤无：发语词。竞：强盛。维人：由于（贤）人。

⑥训：顺从。

⑦觉：正直。

⑧讦（xū）谟：大谋。命：政令。

⑨犹：谋略。辰：按时。

⑩荒湛：沉迷。

⑪女：汝。从：通“纵”，放纵。

⑫绍：继承。

⑬罔：不。敷求：指广求先王之道。

⑭克：能。共：执行，推行。刑：法。

⑮肆：于是。尚：佑助。

⑯沦胥：沉没。

⑰章：模范，准则。

⑱戎兵：武器。

⑲用：以。戎作：代戎事。

⑳逷（tì）：治服。蛮方：边远地区的民族部落。

㉑质：告诫。

㉒谨：谨慎。度：法度。

㉓不虞：不测。

㉔易：轻易，轻率。由言：发言。

㉕扪：按住。朕：我，秦时始作为皇帝专用的自称。

㉖逝：追。

㉗雠：应验，回应。

㉘绳绳：谨慎的样子。

㉙承：接受。

㉚友：结交。

㉛辑：和。

㉜不遐有愆：没有一点过错。

㉝相：察看。

㉞屋漏：屋顶漏则见天光，暗中之事全现，喻神明监察。

㉟觏（gòu）：遇见，此指看见。

㊱格：至。思：语助词。

㊲度（duó）：推测，估计。

㊳矧（shěn）：况且。射：厌。

诗人作为一个长者，见多识广，博学多识，富有智慧，语气在前部分诗歌中显得雍容和缓，见识高妙，感情真挚，随着感情的加深，诗人情不自禁地对子孙们的行为产生了忧愤之情，显得急切。

㊴辟：修明，一说训法。
㊵淑：美好。止：举止行为。
㊶僭（jiàn）：超越本分。贼：残害。
㊷鲜（xiǎn）：少。则：法则。
㊸童：雏，幼小。此指没角的小羊羔。
㊹虹：同“讧”，溃乱。
㊺荏染：柔弱。
㊻言：语气助词。缗（mín）：给乐器安上弦。
㊼话言：诂言，老古话。
㊽於乎：叹词。
㊾臧否（pǐ）：好恶。
㊿匪：非。
51示：指示。
52面命：当面开导。
53借曰：假如说。
54盈：完满。
55莫：同“暮”，晚。
56梦梦：昏而不明。
57藐藐：轻视的样子。
58虐：“谑”的假借，戏谑。
59聿：语气助词。耄：年老。
60庶：庶几。
61曰：语气助词。
62忒（tè）：偏差。
63回遹（yù）：邪僻。
64棘：通“急”，危难。

桑柔

菀彼桑柔[1]，其下侯旬[2]，捋采其刘[3]。瘼此下民[4]，不殄心忧[5]。仓兄填兮[6]，倬彼昊天[7]，宁不我矜[8]？

四牡骙骙[9]，旟旐有翩[10]。乱生不夷[11]，靡国不泯[12]。民靡有黎[13]，具祸以烬[14]。於乎有哀，国步斯频[15]。

国步蔑资[16]，天不我将[17]。靡所止疑[18]，云徂何往[19]？君子实维[20]，秉心无竞[21]。谁生厉阶[22]，至今为梗[23]？

忧心慇慇[24]，念我土宇[25]。我生不辰，逢倬天怒[26]。自西徂东，靡所定处。多我觏痻[27]，孔棘我圉[28]。

为谋为毖[29]，乱况斯削[30]。告尔忧恤[31]，诲尔序爵[32]。谁能执热[33]，逝不以濯[34]？其何能淑[35]，载胥及溺[36]。

如彼遡风[37]，亦孔之僾[38]。民有肃心[39]，荓云不逮[40]。好是稼穑[41]，力民代食[42]。稼穑维宝，代食维好。

天降丧乱，灭我立王[43]。降此蟊贼[44]，稼穑卒痒[45]。哀恫中国[46]，具赘卒荒[47]。靡有旅力[48]，以念穹苍[49]。

维此惠君[50]，民人所瞻。秉心宣犹[51]，考慎其相[52]。维彼不顺，自独俾臧[53]。自有肺肠，俾民卒狂。

瞻彼中林，甡甡其鹿[54]。朋友已谮[55]，不胥以穀[56]。人亦有言，进退维谷[57]。

维此圣人，瞻言百里。维彼愚人，复狂以喜[58]。匪言不能[59]，胡斯畏忌[60]。

维此良人，弗求弗迪[61]。维彼忍心，是顾是复。民之贪乱，宁为荼毒[62]。

大风有隧[63]，有空大谷。维此良人，作为式穀。维彼不顺，征以中垢[64]。

大风有隧，贪人败类[65]。听言则对[66]，诵言如醉[67]。匪用其良，复俾我悖[68]。

嗟尔朋友，予岂不知而作[69]。如彼飞虫[70]，时亦弋获。既之阴女[71]，反予来赫[72]。

民之罔极[73]，职凉善背[74]。为民不利，如云不克[75]。民之回遹[76]，职竞用力[77]。

民之未戾[78]，职盗为寇。凉曰不可[79]，复背善詈。虽曰匪予[80]，既作尔歌[81]。

注释

①菀（wǎn）：茂盛的样子。

②旬：树荫遍布。

③刘：剥落稀疏，句意谓桑叶被采后，稀疏无叶。

④瘼：病、害。

⑤殄（tiǎn）：断绝。

⑥仓兄（chuàng huǎng）：悲伤失意的样子。填：久。

⑦倬：明察。

⑧宁：何。不我矜：“不矜我”的倒文。

⑨骙骙：形容马奔跑不息。

⑩旟旐：画有鹰隼、龟蛇的旗。有翩：翩翩，翻飞的样子。

⑪夷：平。

⑫泯：乱。

⑬民靡有黎：没有黎民。

⑭具：通“俱”。

⑮频：危急。

⑯蔑：无。资：财。

⑰将：扶助。“不我将”为“不将我”之倒文。

⑱靡所止疑：没有居处终疑难。

⑲云：发语词。徂：往。

⑳实维：是作。

㉑秉心：存心。竞：争。

㉒厉阶：祸端。

㉓梗：灾害。

㉔慇（yīn）慇：心痛的样子。

㉕土宇：土地、房屋。

㉖僤（dàn）怒：重怒。

㉗觏：遇。痻（mín）：灾难。

㉘棘：通“急”。圉（yǔ）：边疆。

㉙毖：谨慎。

㉚斯：乃。削：减少。

㉛尔：指周厉王及当时执政大臣。

㉜序：次序。爵：官爵。

㉝执热：救热。

㉞逝：发语词。濯：洗。

㉟淑：善。

㊱载：乃。胥：互相。

㊲溯：逆。

㊳僾：呼吸不畅的样子。

㊴肃：进取。

㊵荓（pīng）：使。不逮：不及。

㊶稼穑：通“家啬”，指家居吝啬聚敛。

㊷力民：使人民出力劳动。代食：指官吏靠劳动者奉养。

㊸灭我立王：意谓灭我所立之王。

㊹蟊贼：蟊为食苗根的害虫，贼为吃苗节的害虫。泛指农作物的病虫害。

㊺卒：完全。痒：病。

㊻恫（tōng）：哀痛。

㊼具赘卒荒：具备像赘疣的人，则田荒。

㊽旅力：指宣扬。

㊾念：感动。

㊿惠君：惠，顺。顺理的君主，称惠君。

51宣犹：好谋划。

52考慎：慎重考察。相：辅佐大臣。

53臧：善。

54甡（shēn）甡：众多的样子。

55谮：中伤。

56胥：相。穀：善。

57进退维谷：谓进退皆穷。

58复：反而。

59匪言不能：“匪不能言”。

60胡：何。斯：这样。

61迪：钻营。

62宁：乃。荼毒：荼指苦草，毒指毒虫毒蛇之类，此指毒害。

63有隧：隧隧，形容大风疾速吹动。

64征以中垢：做事不正又混浊。

65贪人：贪财枉法的小人。

66听言：顺从心意的话。

67诵言：忠告的言语。

68悖：违理。

此诗并未对厉王的暴政进行直接指斥，而是通过对人民痛苦的描述，通过对社会动乱原因的分析，含蓄委婉地提出了对君王的批评。

⑲而：你。

⑳飞虫：指飞鸟。古人用“虫”泛指一切动物。

㉑既：已经。阴：通“荫”，庇护。

㉒赫：威赫。

㉓罔极：无法则。

㉔职：主。凉：通“谅”，信。背：背叛。

㉕云：句中助词。克：胜。

㉖回遹：邪僻。

㉗用力：指用暴力。

㉘戾：善。

㉙凉曰不可：说你不可这样做。

㉚虽曰匪予：虽然不是来骂我。

㉛既：还是。

云汉

倬彼云汉[①]，昭回于天[②]。王曰於乎[③]，何辜今之人[④]！天降丧乱，饥馑荐臻[⑤]。靡神不举[⑥]，靡爱斯牲[⑦]。圭璧既卒[⑧]，宁莫我听[⑨]？

旱既大甚[⑩]，蕴隆虫虫[⑪]。不殄禋祀[⑫]，自郊徂宫[⑬]。上下奠瘗[⑭]，靡神不宗[⑮]。后稷不克，上帝不临。耗斁下土[⑯]，宁丁我躬[⑰]？

旱既大甚，则不可推。兢兢业业，如霆如雷。周余黎民[⑱]，靡有孑遗[⑲]。昊天上帝，则不我遗[⑳]。胡不相畏，先祖于摧[㉑]？

旱既大甚，则不可沮。赫赫炎炎，云我无所[㉒]。大命近止[㉓]，靡瞻靡顾。群公先正[㉔]，则不我助。父母先祖，胡宁忍予[㉕]？

旱既大甚，涤涤山川[㉖]。旱魃为虐[㉗]，如惔如焚[㉘]。我心惮暑[㉙]，忧心如熏[㉚]。群公先正，则不我闻[㉛]。昊天上帝，宁俾我遯[㉜]？

旱既大甚，黾勉畏去[㉝]。胡宁瘨我以旱[㉞]，憯不知其故[㉟]。祈年孔夙[㊱]，方社不莫[㊲]。昊天上帝，则不我虞[㊳]。敬恭明神，宜无悔怒。

旱既大甚，散无友纪[㊴]。鞫哉庶正[㊵]。

《棫朴》是一篇赞美周王的诗。全诗共有五章，每章有四句。第一章是一个总述，它讲述了因为周王有德，所以能够众望所归。因为大臣有文、武之分，所以下面的二、三章又分开进行了描写。

疚哉冢宰[41]，趣马师氏[42]，膳夫左右[43]。靡人不周，无不能止。瞻卬昊天[44]，云如何里[45]？

瞻卬昊天，有嘒其星[46]。大夫君子，昭假无赢[47]。大命近止，无弃尔成[48]。何求为我，以戾庶正[49]。瞻卬昊天，曷惠其宁[50]？

注释

①倬（zhuō）：大。云汉：银河。

②昭：光。回：转。

③於（wū）乎："呜呼"，叹词。

④辜：罪。

⑤荐：重，再。臻：至。

⑥靡：无，不。举：祭祀。

⑦爱：吝惜，舍不得。牲：祭祀用的牲口。

⑧圭、璧：祭神用的玉器。

⑨宁：乃。莫我听：莫听我。

⑩大：同"太"。

⑪蕴隆：暑气郁盛。虫虫：热气熏蒸的样子。

⑫殄（tiǎn）：断绝。禋（yīn）祀：祭天神的典礼。

⑬宫：指宗庙。

⑭奠：祭天。瘗（yì）：指把祭品埋在地下以祭地神。

⑮宗：尊敬。

⑯斁（dù）：败坏。

⑰丁：当，遭逢。

⑱黎民：百姓。

⑲孑遗：遗留，剩余。

人们习惯于将“追琢其章”“金玉其相”这两句中的“其”看成周王。也就是说，如果纣王能够既有华美的装饰又有优秀的内在，同时勤勉自己，那么他一定能成为一名能治理好四方的优秀君王。

⑳遗（wèi）：赠。

㉑于摧：将灭。

㉒云：遮蔽。

㉓大命：国命。

㉔群公：先世诸侯之神。先正：先世卿士之神。

㉕忍：忍心。

㉖涤涤：光秃的样子。

㉗旱魃（bá）：古代传说中指能造成旱灾的鬼怪。

㉘惔（tán）：火烧。

㉙惮：畏。

㉚熏：灼。

㉛闻：恤问。

㉜遯（dùn）：通“困”，受困。

㉝黾（mǐn）勉：勉力为之，尽力事神，急于祷告祈求。

㉞瘨（diān）：病。

㉟憯（cǎn）：曾。

㊱祈年：指“孟春祈谷于上帝，孟冬祈来年于天宗”之祭礼。孔夙（sù）：很早。

㊲方：祭四方之神。社：祭土神。莫（mù）：古“暮”字，晚。

㊳虞：忖度。

㊴友：通“有”。纪：纪纲，法度。

㊵鞫（jū）：穷困。庶正：众官之长。

㊶疚：忧苦。冢宰：周代官名，相当于后世的宰相。

㊷趣马：官名，职责是掌管国王马匹。师氏：官名，主管教导国王和贵族的子弟。

㊸膳夫：主管国王、后妃饮食的官。

㊹卬（yǎng）：通“仰”。

㊺里：通“悝”，忧伤。

㊻嘒（huì）：微光。

㊼昭假：祭祀。无赢：无爽，无差错。

㊽成：功。

㊾戾：定。

㊿曷：何，何时。惠：赐。

崧高

崧高维岳[①]，骏极于天[②]。维岳降神[③]，生甫及申[④]。维申及甫，维周之翰[⑤]，四国于蕃[⑥]，四方于宣[⑦]。

亹亹申伯[⑧]，王缵之事[⑨]，于邑于谢[⑩]，南国是式[⑪]。王命召伯[⑫]，定申伯之宅[⑬]。登是南邦[⑭]，世执其功[⑮]。

王命申伯，式是南邦。因是谢人[⑯]，以作尔庸[⑰]。王命召伯，彻申伯土田[⑱]。王命傅御[⑲]，迁其私人[⑳]。

申伯之功，召伯是营。有俶其城[㉑]，寝庙既成[㉒]，既成藐藐[㉓]。王锡申伯[㉔]，四牡蹻蹻[㉕]，钩膺濯濯[㉖]。

王遣申伯[㉗]，路车乘马[㉘]。我图尔居[㉙]，莫如南土。锡尔介圭[㉚]，以作尔宝。往迈王舅[㉛]，南土是保[㉜]。

申伯信迈[㉝]，王饯于郿[㉞]。申伯还南，谢于诚归[㉟]。王命召伯，彻申伯土疆。以峙其粻[㊱]，式遄其行[㊲]。

申伯番番[㊳]，既入于谢，徒御啴啴[㊴]。周邦咸喜，戎有良翰[㊵]。不显申伯[㊶]，王之元舅[㊷]，文武是宪[㊸]。

申伯之德，柔惠且直[㊹]。揉此万邦[㊺]，闻于四国。吉甫作诵[㊻]，其诗孔硕[㊼]。其风肆好[㊽]，以赠申伯。

注释

①崧（sōng）：山高而大。维：是。岳：特别高大的山。

②骏：通“峻”，高大。极：至。

③维：发语词。

④甫：国名，此指甫侯。申：国名，此指申伯。

⑤翰：屏障。

⑥于：犹“为”。蕃：“藩”，藩篱，屏障。

⑦宣：城垣。

⑧亹（wěi）亹：勤勉貌。

⑨王缵之事：王使申伯办他事。

⑩前一“于”字：为，建。谢：地名。

⑪式：法。

⑫召伯：召虎，亦称召穆公，周宣王大臣。

⑬定：确定。

⑭登：成为。

⑮执：守持。功：事业。

⑯因：依靠。

⑰庸：通“墉”，城墙。

⑱彻：治理。

⑲傅御：诸侯之臣，治事之官，为家臣之长。

⑳私人：傅御之家臣。

㉑俶（chù）：修缮。

㉒寝庙：周代宗庙的建筑有庙和寝两部分，合称寝庙。

㉓藐藐：美貌。

㉔锡（cì）：同“赐”。

㉕牡：公马。蹻（jué）蹻：强壮勇武貌。

㉖钩膺：马颈腹上的带饰。濯濯：光泽鲜明貌。

㉗遣：遣送。

㉘路车：诸侯乘坐的一种大型马车。

㉙图：图谋，谋虑。

㉚介：大。圭：古代玉制的礼器，诸侯执此以朝见周王。

㉛迈（jì）：语助词，相当于“了”。

㉜保：安保。

㉝信：再宿。迈：走。

㉞饯：备酒食送行。郿（méi）：古地名，在今陕西眉县。

㉟谢于诚归：“诚归于谢”。

㊱峙：储备。粻（zhāng）：米粮。

㊲遄（chuán）：加速。

㊳番番：勇武貌。

㊴徒：徒行之士兵。御：御车之士兵。啴（tān）啴：和乐貌。

㊵戎：汝，你。

㊶不：通“丕”，太。显：显赫。

㊷元舅：长舅。

㊸宪：法式，模范。

㊹柔惠：温顺恭谨。

㊺揉：安顺。

㊻吉甫：尹吉甫，周宣王大臣。诵：同“颂”，颂赞之诗。

㊼其：是，此。孔硕：指篇幅很长。

㊽肆好：极好。

诗人作诗也只是为了申明宣王之精明能干和臣子的尽忠竭力，绝非阿谀奉迎。这是一首送行诗，主要叙述申伯南征后宣王封其于谢城，以安定民心，作王室屏障，平铺直叙，叙事详尽，多为真情实感。

烝民

天生烝民[①]，有物有则。民之秉彝[②]，好是懿德。天监有周，昭假于下[③]。保兹天子，生仲山甫[④]。

仲山甫之德，柔嘉维则。令仪令色，小心翼翼。古训是式[⑤]，威仪是力。天子是若[⑥]，明命使赋。

王命仲山甫，式是百辟[⑦]。缵戎祖考[⑧]，王躬是保。出纳王命[⑨]，王之喉舌。赋政于外，四方爰发[⑩]。

肃肃王命，仲山甫将之[⑪]。邦国若否[⑫]，仲山甫明之。既明且哲，以保其身。夙夜匪解[⑬]，以事一人。

人亦有言，柔则茹之[⑭]，刚则吐之。维仲山甫，柔亦不茹，刚亦不吐。不侮矜寡，不畏强御[⑮]。

人亦有言，德輶如毛[⑯]，民鲜克举之。我仪图之[⑰]，维仲山甫举之，爱莫助之。衮职有缺[⑱]，维仲山甫补之。

仲山甫出祖[⑲]，四牡业业[⑳]，征夫捷捷，每怀靡及[㉑]。四牡彭彭，八鸾锵锵[㉒]。王命仲山甫，城彼东方。

四牡骙骙[㉓]，八鸾喈喈。仲山甫徂齐，式遄其归[㉔]。吉甫作诵，穆如清风。仲山甫永怀，以慰其心。

注释

①烝：众。

②秉彝：常理，常性。

“四牡业业，征夫捷捷，每怀靡及。四牡彭彭，八鸾锵锵”，写出他的威仪，表达出诗人的敬佩和勉励之情。

③假：至。

④仲山甫：人名，为宣王卿士。

⑤式：用，效法。

⑥若：选择。

⑦辟：法式。

⑧缵：继承。戎：你。

⑨出纳：指受命与传令。

⑩爰发：乃行。

⑪将：执行。

⑫若否：好坏。

⑬解：通“懈”。

⑭茹：吃。

⑮强御：强悍。

⑯輶（yóu）：轻。

⑰仪图：揣度。

⑱衮（gǔn）：绣龙图案的王服。

⑲祖：祭路神。

⑳业业：马高大的样子。

㉑每怀靡及：每人怀有私心，顾不上。

㉒鸾：鸾（銮）铃。

㉓骙（kuí）骙：强壮。

㉔遄（chuán）：速。

韩奕

奕奕梁山[①]，维禹甸之[②]。有倬其道[③]，韩侯受命[④]。王亲命之[⑤]：“缵戎祖考[⑥]，无废朕命[⑦]。夙夜匪解[⑧]，虔共尔位[⑨]。朕命不易。榦不庭方[⑩]，以佐戎辟[⑪]。”

四牡奕奕[⑫]，孔修且张[⑬]。韩侯入觐[⑭]，以其介圭[⑮]，入觐于王。王锡韩侯[⑯]，淑旂绥章[⑰]，簟茀错衡[⑱]。玄衮赤舄[⑲]，钩膺镂钖[⑳]，鞹鞃浅幭[㉑]，鞗革金厄[㉒]。

韩侯出祖[㉓]，出宿于屠[㉔]。显父饯之[㉕]，清酒百壶。其肴维何？炰鳖鲜鱼[㉖]。其蔌维何[㉗]？维笋及蒲[㉘]。其赠维何？乘马路车[㉙]。笾豆有且[㉚]，侯氏燕胥[㉛]。

韩侯取妻[㉜]，汾王之甥[㉝]，蹶父之子[㉞]。韩侯迎止[㉟]，于蹶之里。百两彭彭[㊱]，八鸾锵锵[㊲]，不显其光[㊳]。诸娣从之[㊴]，祁祁如云[㊵]。韩侯顾之[㊶]，烂其盈门[㊷]。

蹶父孔武[㊸]，靡国不到[㊹]。为韩姞相攸[㊺]，莫如韩乐。孔乐韩土，川泽訏訏[㊻]，鲂鱮甫甫[㊼]，麀鹿噳噳[㊽]，有熊有罴，有猫有虎。庆既令居[㊾]，韩姞燕誉[㊿]。

溥彼韩城[51]，燕师所完[52]。以先祖受命，因时百蛮[53]。王锡韩侯，其追其貊[54]。奄受北国[55]，因以其伯[56]。实墉实壑[57]，实亩实籍[58]。献其貔皮[59]，赤豹黄罴。

这首诗按时间顺序进行叙述，条理十分清晰。先写周宣王宣布册命，后写韩侯入朝拜见天子，接受封赏，再写韩侯出发前卿士为他践行，继写韩侯娶亲，最后写韩侯归国。

注释

①奕奕：高大的样子。梁山：在今陕西韩城县西北。

②维：发语词。甸：治理。

③倬：宽大。

④韩侯：姬姓，周王近宗贵族，诸侯国韩国国君。

⑤王：指周宣王。

⑥缵（zuǎn）：继承。

⑦朕：周王自称。

⑧夙夜：早晚。匪解：非懈，不懈怠的意思。

⑨虔共：敬诚恭敬。

⑩榦：纠正。不庭方：不来朝觐的方国诸侯。

⑪辟：君。

⑫牡：公马。

⑬孔修（xiū）：很长。

⑭入觐（jìn）：入朝朝见天子。

⑮介圭：玉器，周王册封诸侯时赐予的镇国宝器，诸侯入觐时须手执介圭。

⑯锡：同“赐”，赏赐。

⑰淑旂（qí）：色彩鲜艳，绘有蛟龙图案的旗子。绥（suí）章：安全挂起。

⑱簟茀（diàn fú）：竹编的车篷。

⑲玄衮：黑色龙袍，周朝王公贵族的礼服。赤舄（xì）：红鞋。

⑳钩膺：束在马腰部的革制装饰品。镂钖（yáng）：马额上的金属制装饰品。

㉑鞹鞃（kuò hóng）：包皮革的车轼横木。浅幭（miè）：用浅毛皮裹的车上覆盖物。

㉒鞗（tiáo）革：马辔头。

㉓出祖：出行之前祭路神。

㉔屠：地名。

㉕显父：周宣王的卿士。

㉖炰（páo）鳖：烹煮鳖肉。

㉗蔌：蔬菜。

㉘笋（sǔn）：笋。

㉙乘（shèng）马：一乘车四匹马。路车：辂车，贵族用大车。

㉚笾（biān）豆：饮食用具。

㉛燕：通“宴”。胥：皆。

㉜取妻：同“娶妻”。

㉝汾王：郑笺：“厉王流于彘（地名，今山西霍县东北），彘在汾水之上，故时人因以号之。”

㉞蹶父：周朝的卿大夫。

㉟迎止：迎亲。

㊱百两：百辆。彭彭：盛多。

㊲鸾：通“銮”，挂在马嚼子两端的铃。

㊳丕（pī）：通“丕”，大。

㊴诸娣从之：诸位娣女跟从她。

㊵祁祁：盛多之貌。

㊶顾：当时嫁娶的礼。

㊷烂：光彩。

㊸孔武：很勇武。

㊹靡：没有。

㊺韩姞：蹶父之女，姞姓，嫁韩侯为妻，故称韩姞。相攸：指相女婿。

㊻讦（xū）讦：广大貌。

㊼甫甫：大貌。

㊽麀（yōu）：母鹿。噳（yǔ）噳：鹿群聚的场面。

㊾令居：美好的居所。

㊿燕誉：安乐高兴。

51溥（pǔ）：广大。韩城：韩国都城。

52燕师：燕国人。

53时：掌管、统辖。

54追、貊（mò）：北方两个少数民族。

55奄：完全。

56伯：诸侯之长。

57实：乃。墉：城墙，用作动词。壑：壕沟，用作动词。

58亩：田亩，此作动词，指划分田亩。籍：征收赋税。

59貔（pí）：猛兽名。

江　汉

江汉浮浮，武夫滔滔①。匪安匪游②，淮夷来求③。既出我车，既设我旟④。匪安匪舒，淮夷来铺⑤。

江汉汤汤⑥，武夫洸洸⑦。经营四方，告成于王。四方既平，王国庶定⑧。时靡有争，王心载宁⑨。

江汉之浒⑩，王命召虎："式辟四方⑪，彻我疆土⑫。匪疚匪棘⑬，王国来极⑭。"于疆于理⑮，至于南海。王命召虎："来旬来宣⑯。文武受命，召公维翰⑰。无曰予小子⑱，召公是似⑲。肇敏戎公⑳，用锡尔祉㉑。"

"釐尔圭瓒㉒，秬鬯一卣㉓。告于文人㉔，锡山土田。于周受命㉕，自召祖命㉖。"虎拜稽首㉗："天子万年！"

虎拜稽首，"对扬王休㉘，作召公考，天子万寿！"明明天子㉙，令闻不已㉚。矢其文德㉛，洽此四国。

注释

①滔滔：水广大。

②匪：同"非"。

③来：语助词，含有"是"的意义。求：讨伐。

④旟：画有鸟隼的旗。

⑤铺：通"抚"，安抚。

⑥汤（shāng）汤：水势大的样子。

⑦洸（guāng）洸：威武的样子。

⑧庶：幸好。

⑨载：则。

⑩浒（hǔ）：水边。

⑪式：发语词。辟：开辟。

⑫彻：开发。

⑬疚：病，害。棘：“急”的假借。

⑭极：准则。

⑮于：意义虚泛的助词，其词义取决于后面所带之词。

⑯旬：“巡”的假借。

⑰召公：召虎的太祖，谥康公。维：是。翰：桢干。

⑱予小子：宣王自称。

⑲似：“嗣”的假借，继承。

⑳肇敏：勉力。戎：你。公：功业。

㉑锡：赐。祉：福禄。

㉒釐（lài）：“赉”的假借，赏赐。圭瓒（zàn）：用玉做柄的酒勺。

㉓秬（jù）：黑黍。鬯（chàng）：古时祭祀用的香酒，用郁金草和黑黍酿成。卣（yǒu）：带柄的酒壶。

㉔文人：有文德的人。

㉕于周受命：你在周朝受王命。

㉖召祖：召氏之祖，指召康公。

㉗稽首：古时礼节，跪下拱手磕头，手、头都触地。

㉘对扬：颂扬。休：美德。

㉙明明：勉勉。

㉚令闻：美好的声誉。

㉛矢：施行。

常　武

赫赫明明[1]，王命卿士[2]。南仲大祖[3]，大师皇父[4]。“整我六师[5]，以修我戎[6]。既敬既戒[7]，惠此南国[8]。”

王谓尹氏[9]：“命程伯休父[10]，左右陈行[11]。戒我师旅，率彼淮浦[12]，省此徐土[13]。”不留不处[14]，三事就绪[15]。

赫赫业业[16]，有严天子[17]。王舒保作[18]，匪绍匪游[19]。徐方绎骚[20]，震惊徐方。如雷如霆[21]，徐方震惊。

王奋厥武[22]，如震如怒。进厥虎臣[23]，阚如虓虎[24]。铺敦淮濆[25]，仍执丑虏[26]。截彼淮浦[27]，王师之所[28]。

王旅啴啴[29]，如飞如翰[30]，如江如汉，如山之苞[31]，如川之流。绵绵翼翼[32]，不测不克，濯征徐国[33]。

王犹允塞[34]。徐方既来，徐方既同，天子之功。四方既平，徐方来庭[35]。徐方不回[36]，王曰还归。

注释

①赫赫：威严的样子。明明：明智的样子。

②卿士：周朝廷执政大臣。

③南仲：人名，宣王主事大臣。大祖：太祖。

④大师：职掌军政的大臣。皇父：人名，周宣王太师。

⑤整：治。六师：六军。周制，王建六军。一军一万二千五百人。

⑥修我戎：整顿我的军备。

⑦敬：警惕。

⑧惠：爱。

⑨尹氏：此指尹吉甫。

⑩程伯休父：人名，宣王时大司马。

⑪陈行：列队。

⑫率：率领。

⑬省：察视。徐土：指徐国。

⑭不：二“不”字皆语助词，无义。留：同“刘”，杀。处：安。

⑮三事：三卿。绪：业。

⑯业业：前行的样子。

⑰有严：严严，威严的样子。

⑱舒：舒徐。保：安。作：起。

⑲绍：舒缓。游：优游。

⑳绎骚：骚动。

㉑霆：打雷。

㉒奋厥武：奋发勇武。

㉓虎臣：猛如虎的武士。

㉔阚（hǎn）如：虎怒的样子。虓（xiāo）：虎啸。

㉕铺：大。敦：屯聚。此处指陈列。濆（fén）：大堤。

㉖仍：就。丑虏：对敌军的蔑称。

㉗截：断绝。

㉘所：处。

㉙啴（tān）啴：人多势众的样子。

㉚翰：指鸷鸟。

㉛苞：指根基。

㉜翼翼：壮盛的样子。

㉝濯：大。

㉞犹：谋略。允：诚。塞：实，指谋略不落空。

㉟来庭：来王庭，指朝觐。

㊱回：违。

瞻 卬

瞻卬昊天[1]，则不我惠[2]。孔填不宁[3]，降此大厉[4]。邦靡有定，士民其瘵[5]。蟊贼蟊疾[6]，靡有夷届[7]。罪罟不收[8]，靡有夷瘳[9]。

人有土田，女反有之。人有民人，女复夺之[10]。此宜无罪，女反收之。彼宜有罪，女复说之[11]。

哲夫成城[12]，哲妇倾城。懿厥哲妇[13]，为枭为鸱[14]。妇有长舌，维厉之阶[15]。乱匪降自天，生自妇人。匪教匪诲[16]，时维妇寺[17]。

鞫人忮忒[18]，谮始竟背[19]。岂曰不极[20]，伊胡为慝[21]？如贾三倍[22]，君子是识[23]。妇无公事[24]，休其蚕织。

天何以刺[25]？何神不富[26]？舍尔介狄[27]，维予胥忌[28]。不吊不祥[29]，威仪不类[30]。人之云亡[31]，邦国殄瘁[32]。

天之降罔[33]，维其优矣[34]。人之云亡，心之忧矣。天之降罔，维其几矣[35]。人之云亡，心之悲矣。

觱沸槛泉[36]，维其深矣。心之忧矣，宁自今矣。不自我先，不自我后。藐藐昊天[37]，无不克巩[38]。无忝皇祖[39]，式救尔后[40]。

这首诗尖锐讽刺和严正痛斥了昏庸荒淫的周幽王宠幸褒姒，斥逐贤良，败坏纲纪，倒行逆施，祸国殃民的罪恶。凄楚激越的言辞，表现出了诗人忧国忧民的情怀和疾恶如仇的愤慨。

注释

①瞻卬（yǎng）：通“瞻仰”。

②惠：爱。

③填（chén）：通“陈”，长久。

④厉：祸患。

⑤士民：士人与平民。瘵（zhài）：病。

⑥蟊（máo）：伤害禾稼的虫子。贼、疾：害。

⑦夷：语气助词。届：至，极。

⑧罪罟（gǔ）：刑罪之法网。

⑨瘳（chōu）：病愈。

⑩复：反。

⑪说（tuō）：通“脱”，解脱。

⑫哲：智。
⑬懿：通“噫”，叹词。
⑭枭（xiāo）：传说长大后食母的恶鸟。鸱（chī）：猫头鹰的一种。
⑮阶：阶梯，此处作“因由”解。
⑯匪：不可。教诲：教导。
⑰时：是。维：为。寺人：内侍，指宦官。
⑱鞫（jū）人：奸人。忮（zhì）忒：害人。
⑲谮（zèn）：进谗言。竟：终。背：违背，自相矛盾。
⑳极：狠。
㉑伊：语助词。慝（tè）：恶，错。
㉒贾（gǔ）：经商。三倍：三倍的利润。
㉓君子：指在朝执政者。识：见识。
㉔公事：功事，指女子所从事的纺织蚕桑之事。
㉕刺：指责，责备。
㉖富：福祐。
㉗介：大。狄：坏人。
㉘胥：相。忌：怨恨。
㉙吊：慰问，抚恤。
㉚类：善。
㉛亡：散去。
㉜殄（tiǎn）瘁：病困，困穷。
㉝罔：罗网。
㉞其：它。
㉟几：危险。
㊱觱（bì）沸：泉水上涌的样子。槛泉：喷涌而出的泉水。
㊲藐藐：高远貌。
㊳巩：固，指约束控制。
㊴忝（tiǎn）：辱。
㊵后：后代子孙。

召旻

旻天疾威[①]，天笃降丧[②]。瘨我饥馑[③]，民卒流亡。我居圉卒荒[④]。

天降罪罟[⑤]，蟊贼内讧。昏椓靡共[⑥]，溃溃回遹[⑦]；实靖夷我邦[⑧]。

皋皋訿訿[⑨]，曾不知其玷。兢兢业业，孔填不宁[⑩]。我位孔贬[⑪]。

如彼岁旱，草不溃茂[⑫]，如彼栖苴[⑬]。我相此邦[⑭]，无不溃止[⑮]。

维昔之富不如时[⑯]，维今之疚不如兹[⑰]。彼疏斯粺[⑱]，胡不自替[⑲]？职兄斯引[⑳]。

池之竭矣，不云自频[㉑]。泉之竭矣，不云自中。溥斯害矣[㉒]。职兄斯弘[㉓]，不灾我躬[㉔]！

昔先王受命[㉕]，有如召公[㉖]，日辟国百里。今也日蹙国百里[㉗]。於乎哀哉[㉘]！维今之人，不尚有旧！

注释

①旻（mín）天：此泛指天。疾威：暴虐。

②天笃降丧：天降灾荒使人丧。

③瘨（diān）：灾病。

④居圉（yǔ）：居住之处。

全诗既有诗人的慷慨陈词，对奸佞贼臣的冷嘲和责骂，也有对君主昏庸不明的不满，表现出对国家前途的担忧，同时对自身的身世也表现出了恐惧。

⑤罪罟（gǔ）：罪网。

⑥昏椓（zhuó）：《郑笺》："昏、椓皆奄人也。"靡共：不供职。共，通"供"。

⑦溃溃：昏乱。回遹：邪僻。

⑧靖夷：想毁灭。

⑨皋皋：欺诳。訿（zǐ）訿：懒惰。

⑩孔：很。填（chén）：长久。

⑪贬：指职位低。

⑫溃：遂。

⑬苴（chá）：水中草。

⑭相：察看。

⑮止：语气词。

⑯时：是，此，指今时。

⑰疚：贫病。

⑱疏：糙米。粺（bài）：精米。

⑲替：废，退。

⑳职：主。兄（kuàng）："况"的假借。引：延长。

㉑频：滨。

㉒溥（pǔ）：普遍。

㉓弘：大。

㉔不灾我躬：灾害怎不向我来。

㉕先王：指武王、成王。

㉖召公：周武王、成王时的大臣。

㉗蹙（cù）：收缩。

㉘於乎：同"呜呼"。